067264

La lettre
de la reine

Julie Martel

MÉDIASPAUL

Médiaspaul est bénéficiaire des programmes d'aide à l'édition du Conseil des Arts du Canada et de la Société de développement des entreprises culturelles du Québec (SODEC).

Données de catalogage avant publication (Canada)

Martel, Julie, 1973-

    La lettre de la reine

    (Collection Jeunesse-pop; 130)

    ISBN 2-89420-372-1

    I. Titre. II. Collection.

PS8576.A762L47 1999   jC843'.54   C99-941175-6
PS9576.A762L47 1999
PZ23.M37Le 1999

Composition et mise en page: *Médiaspaul*

Illustration de la couverture: *Charles Vinh*

ISBN 2-89420-372-1

Dépôt légal — 3e trimestre 1999
Bibliothèque nationale du Québec
Bibliothèque nationale du Canada

© 1999 Médiaspaul
       3965, boul. Henri-Bourassa Est
       Montréal, QC, H1H 1L1 (Canada)

       Site Web: www.mediaspaul.qc.ca

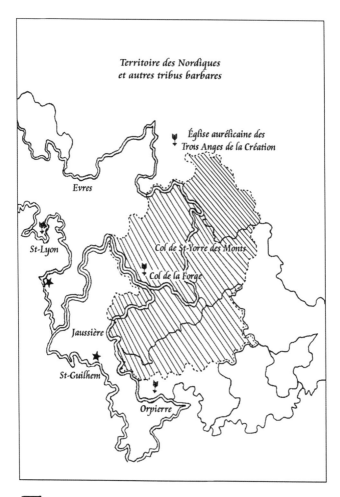

Territoire des Nordiques
et autres tribus barbares

Église aurélicaine des
Trois Anges de la Création

Evres

St-Lyon

Col de St-Yorre des Monts

Col de la Forge

Jaussière

St-Guilhem

Orpierre

Massif des Aris

1 jour de voyage dans les Aris, en moyenne

1

La lettre au pape Bienheureux

Il faisait beau, ce matin-là. La pluie, qui avait innondé les rues de la ville de Saint-Lyon durant cinq jours, s'était enfin épuisée pendant la nuit. Seules demeuraient quelques mares, ici et là, où les enfants pataugeaient en riant. Le ciel et la mer avaient repris leur couleur de bonne humeur, les hautes cîmes des Aris, à l'est, redevenaient visibles entre les nuages. C'est ce spectacle vivifiant qui avait décidé la reine Pascuala à sortir du château. Accompagnée de ses nombreuses suivantes, elle allait entendre l'office matinal à la cathédrale de Saint-Lyon, tout récemment consacrée.

Il y avait déjà toute une semaine que la cour royale était en visite dans la ville et, depuis, la reine n'avait pu se rendre à la cathédrale pour se recueillir. D'abord accaparée par

les célébrations en son honneur et les interminables parties de chasse, puis confinée dans
ses appartements à cause des pluies torren-
tielles, la reine brûlait d'aller y faire un don.
D'autant plus que, selon les rumeurs enthou-
siastes, l'édifice saint était la merveille du siè-
cle; il aurait été dommage de s'en retourner
dans le nord sans contempler cet ouvrage du
génie humain... Hélas, la pieuse Pascuala avait
dû se contenter chaque matin des visites de
l'archevêque au château. Fort heureusement,
les sermons enflammés du saint homme ne
perdaient rien de leur grandeur, même prononcés dans une petite chapelle; ils avaient
soulevé la ferveur de la souveraine et de sa
suite.

La reine Pascuala descendait la rue du
marché d'un bon pas; il n'y avait pas loin du
château à la cathédrale, et ses yeux pétillaient
d'entrain. L'air frais lui rosissait les joues, elle
habituellement si atone dans des robes noires
que n'ornait même pas un col de dentelle. Les
jeunes filles qui formaient sa suite babillaient
sans relâche, heureuses de cette sortie qui les
changeait enfin de leur quotidien. Jusqu'aux
gardes chargés de les escorter qui paraissaient
détendus et sereins. La journée promettait
d'être radieuse.

Après un coude de la rue, la cathédrale de Saint-Lyon se dévoila à la vue du petit cortège et la reine s'immobilisa, éblouie. Les rumeurs n'avaient pas exagéré la beauté de l'édifice. Deux tours jumelles, élancées, coiffées d'élégantes flèches, s'intégraient à la façade. Au-dessus de la porte centrale, un gigantesque vitrail en lancette attirait les regards. Il dépeignait une scène de la vie du saint homme ayant donné son nom à la cathédrale et on devinait que, vu de l'intérieur, toutes les couleurs de la création s'y rassemblaient pour ponctuer la pénombre. Peu de sanctuaires pouvaient se vanter de posséder d'aussi belles œuvres d'art.

Le moment d'émotion passé, la reine traversa en hâte la place du marché — presque totalement déserte, chose étonnante à cette heure — et pénétra enfin dans la cathédrale, abandonnant ses gardes sur le parvis. Elle fit une pause, laissant la fraîcheur du lieu se refermer sur elle et ses yeux s'habituer à la pénombre. Une intense activité au centre de la nef attira tout de suite son regard. Quelques religieux vêtus de gris se tenaient dans l'allée centrale, autour de ce qui ressemblait à un large candélabre brisé. Ils parlaient très fort, sur un ton où pointait l'énervement. Oubliant dans sa surprise de contempler les ornements intérieurs de la cathédrale, la reine s'avança vers le petit groupe. Les jeunes filles, elles, restèrent sagement près de la porte, impressionnées et vaguement inquiètes.

La reine n'eut pas le temps de parvenir jusqu'au cercle des religieux. Un homme s'en détacha dès qu'il l'aperçut et vint à sa rencontre. La reine Pascuala reconnut le prieur des Frères de Saint-Lyon à sa démarche claudiquante. C'était lui qui remplaçait l'archevêque à l'occasion. Après une ébauche de révérence, le prieur prit respectueusement le bras de sa souveraine et la ramena vers ses suivantes.

— Je crois que... Il me semble préférable que vous... Enfin, que vous n'assistiez pas à ce... ce triste spectacle, bredouilla l'homme.

Le groupe de femmes se laissa repousser jusque sur le parvis de la cathédrale où le prieur, après une hésitation, les suivit. La reine, furieuse d'avoir été ainsi mise à la porte, exigea plus de détails.

— C'est un regrettable, très regrettable accident, lui confia le prieur dans un soupir. Juste avant votre arrivée, l'archevêque se tenait au milieu de l'allée centrale pour haranguer une dame de petite vertu, notoirement impénitente, qui osait venir troubler de sa présence l'office matinal. Que je sois foudroyé s'il n'y a pas là l'œuvre des Sept Démons des Enfers!

À cette mention, la reine Pascuala et ses suivantes se signèrent rapidement en portant les doigts à leur front. Le religieux devait être vraiment dans tous ses états pour blasphémer de la sorte.

— Au moment même où l'impie éclatait de rire sous les insultes de l'archevêque, poursuivit le prieur en s'empourprant, un lustre est tombé du plafond sur Monseigneur... Et Monseigneur s'est enflammé comme une torche!

Même les gardes s'entre-regardèrent, mal à l'aise. Un saint homme qui prenait feu comme ça, au moment où une vilaine se moquait de lui, il y avait en effet de quoi soupçonner une action démoniaque. Car il aurait fallu que l'évêque soit couvert d'huile pour que des chandelles le transforment en torche vivante! Le petit groupe royal se signa pour la deuxième fois.

— Enfin... Cela a effrayé tous les fidèles, qui se sont dispersés et sont rentrés chez eux pour prier, termina le religieux. Et si je pouvais... J'oserais vous faire une recommandation, votre Altesse: retournez au château et allumer des cierges pour la sauvegarde de votre âme. Le Mal rôde dans la ville, ces jours-ci!

Le prieur exécuta à nouveau un semblant de révérence et s'empressa de regagner l'intérieur de la cathédrale, avant que sa souveraine ne lui pose d'autres questions. Les gardes et les suivantes semblaient pressés de s'éloigner pour suivre la suggestion du religieux; ils contemplaient le grand vitrail qui les surplombait comme si des hordes de démons allaient le fracasser et se précipiter sur eux... La reine Pascuala, au contraire, aurait fort aimé se glisser à nouveau dans la nef pour éclaircir certains détails de l'accident, mais elle se résigna en constatant l'angoisse de ceux qui l'accompagnaient.

Tout en remontant la courte rue du marché, la reine songea que si le Mal rôdait en effet, il y avait déjà six ans qu'elle le côtoyait presque tous les jours. Ce n'était un secret pour personne que le roi Marsal d'Evres, son époux, méprisait la religion et faisait commerce avec les sorcières. Cela expliquait l'étonnante facilité avec laquelle il se débarrassait de ses ennemis. On n'aurait pu imaginer pire mariage pour cette frêle souveraine. Même enfant, son vœu le plus cher avait été de se joindre à une abbaye et d'y vivre en paix. Mais les visées politiques de sa famille l'avaient unie à un libertin qui passait son temps en beuveries et plaisirs sadiques. Le roi entretenait, à même sa cour paillarde, deux maîtresses de qui il avait eu des bâtards. La rumeur voulait que d'autres femmes lui aient donné de nombreux enfants illégitimes, qui avaient tous été immolés aux Démons pour garantir à leur père la victoire contre les envahisseurs Nordiques...

De folles rumeurs, bien sûr, colportées par des paysans qui n'appréciaient guère leur souverain. Cependant, la reine Pascuala doutait à peine de leur véracité; elle savait son époux capable des plus atroces péchés. Pour ce qui était de l'invraisemblable accident de ce matin, par exemple, il n'y avait aucun doute dans son esprit: le roi seul — grâce aux pouvoirs des sorcières qui le servaient — pouvait en être responsable. Il y avait bien assez longtemps que l'Église dénonçait ses rapports avec la sorcellerie pour que le roi Marsal entretienne, à l'endroit des religieux, une haine intense. L'archevêque de Saint-Lyon s'étant montré le plus opiniâtre dans ses critiques, surtout dès le moment où la cour royale s'était installée sous ses fenêtres, il avait payé pour les autres. En quelques jours, le roi était passé du mépris non voilé aux menaces à mots couverts. Le meurtre, ce n'était pour lui que le pas suivant. Il avait même dû prendre un malin plaisir à choisir son moment, comptant sur le retour du beau temps pour que son épouse se précipite à la cathédrale et assiste au drame...

La reine hocha la tête, perdue dans de sombres réflexions. Elle n'avait rien vu du trajet jusqu'au château comtal où elle logeait, tout oublié de son plaisir de retrouver le soleil, mais elle avait pris une décision. Si son époux assassinait des hommes d'Église, maintenant, ses crimes ne pouvaient rester impunis. Il fallait que le pape réagisse. La reine Pascuala lui écrirait d'ailleurs à cet effet dès aujourd'hui.

* * *

La pluie s'était remise à tomber sur la ville et tambourinait contre les vitres de la salle ronde. En pleine saison sèche, la pierre épaisse qui en formait les murs rendait déjà l'endroit très humide. Ces jours-ci, avec le déluge qui n'en finissait plus, l'eau semblait suinter du roc et l'air sentait le moisi. La cour délurée du roi Marsal d'Evres évitait donc autant que possible de se retrouver dans l'ancienne salle de banquet. On lui préférait le salon de musique, aménagé depuis peu au sommet d'une des tours d'angle — au grand dam du capitaine de la garde.

Le roi, quant à lui, se plaisait dans la salle ronde. Malgré l'humidité — ou peut-être à cause d'elle, parce qu'elle lui rappelait quelque champ de bataille matinal, dans le nord —, il avait adopté cette pièce comme bureau. Il y recevait depuis une semaine les dignitaires de la région, venant pour la plupart se plaindre, et ses propres espions. Aujourd'hui, c'est là qu'il tournait en rond, les mains dans le dos et l'air mécontent, l'épaisse moquette étouffant le bruit de ses pas. Un petit homme tout habillé de noir l'observait sans parler, le regard inquiet. N'importe qui l'eut pris pour un religieux, mis à part le fait qu'il se trouvait dans les appartements du roi d'Evres et que ces deux parties ne se côtoyaient sous aucun prétexte. Par contre, l'homme n'aurait pas détonné dans les appartements de la pieuse reine Pascuala... Et c'était bien là son utilité, aux yeux de son souverain.

— Au pape, dis-tu? murmura le roi, brisant si brusquement le silence que l'espion tressaillit.

— Bienheureux lui-même. Et ce, dès son retour de la cathédrale. La reine paraissait pleine d'une... vertueuse colère!

Le roi sourit. Il n'ignorait rien de ce que son épouse avait vu à la cathédrale. Il avait organisé le macabre spectacle lui-même, quelques jours auparavant. Et au cas où la réaction de la reine aurait dépassé ses prévisions, il avait posté des hommes dans la cathédrale, chargés de lui narrer les détails. Il regrettait seulement que Pascuala ne se soit pas approchée davantage de feu son précieux archevêque!

— As-tu pu apprendre ce que dit cette lettre? demanda encore le roi.

L'espion secoua la tête d'un air peiné et Marsal se détourna de lui. Le contraire eut été surprenant: si la reine faisait appel au pape Bienheureux pour mater les travers de son époux, elle ne permettrait à personne de voir cette lettre. Il y avait un certain temps qu'elle se devinait épiée, elle soupçonnait peut-être même l'identité de l'espion. Cela ne contrariait pas le roi. Surveiller Pascuala était devenu une routine, qui lui apprenait peu de faits importants. Même les discours enragés que l'archevêque avait prononcés devant son épouse contre sa cour et ses libations pécheresses n'avaient éveillé en lui que de l'agacement.

— Bah! Le pape lira cette lettre, répondra à la reine qu'il n'a pas les moyens d'intervenir, et l'affaire tombera dans l'oubli. Comme les autres fois.

Certes, Bienheureux serait outré que le roi Marsal d'Evres ait osé s'en prendre à un membre influent de l'Église. Une missive arriverait rapidement, du Haut-Siège d'Orpierre, pour prévenir Marsal de la colère du pape et lui ordonner de faire pénitence. Le roi n'en tiendrait pas compte et la vie se poursuivrait, comme toujours.

De toute façon, il n'y avait rien pour le relier formellement à l'assassinat de l'archevêque: aucune preuve, aucun témoignage... Et d'ailleurs, à part la haine notoire que les deux hommes se vouaient, le roi n'avait aucun motif de commettre ce meurtre. Il l'avait fait pour rendre service à un allié. Et pour embêter la reine Pascuala.

— Si je puis me permettre, votre Altesse...

Le petit homme en noir se rappelait discrètement à l'attention du roi, qui paraissait l'avoir oublié. Marsal se retourna vers lui, mécontent que l'espion n'ait pas deviné, à son désintérêt, qu'il pouvait disposer. D'un haussement de sourcil sévère, il l'enjoignit de terminer au plus vite son rapport.

— En réalité, je venais surtout vous informer des rumeurs qui circulent, dans l'entourage de la reine, au sujet de cette lettre.

— Que m'importe cette lettre! Ni le pape, ni la reine ne peuvent quoi que ce soit contre moi. C'est encore une tentative vouée à l'échec.

— Sans doute. Cependant, on raconte que la reine aurait écrit la lettre en compagnie de son cousin, le roi de Jaussière.

— Valente, ici? s'étonna le roi. En secret?

Un espion, quelque part, avait mal fait son travail... La présence de Valente de Jaussière changeait bien des choses. Le roi du pays voisin de l'Evres ressemblait à sa cousine Pascuala comme un frère. Ils avaient été élevés ensemble, au sud où des falaises crayeuses surplombaient la mer turquoise, à deux jours de voyage du Haut-Siège d'Orpierre. Autant dire qu'ils avaient grandi dans les jupes du pape. Si la reine désirait forcer Bienheureux à intervenir contre son époux, Valente serait son meilleur allié. Celui-ci mettrait de bon cœur ses armées au service de l'Église.

— Les rumeurs parlent de guerre sainte, votre Altesse, ajouta encore l'espion, satisfait de voir que son rapport suscitait enfin l'intérêt du roi.

La guerre, encore, et sur la frontière sud, cette fois. Comme si le roi Marsal n'en avait pas déjà plein les bras au nord, à repousser les barbares Nordiques! La lettre au pape prenait soudain une tout autre importance...

— Intercepte-moi cette lettre avant qu'elle n'arrive entre les mains de Bienheureux, ordonna le roi. Puisque tu as vu le messager l'emporter, je te charge de cette affaire.

Le petit homme noir se recroquevilla sur lui-même. Il ne paraissait pas très satisfait de la promotion qui venait de lui échoir.

— Je ne suis pas l'homme qu'il vous faut, protesta-t-il. Je doute de pouvoir mener à bien cette mission. Mes talents se bornent à savoir regarder autour de moi!

La crainte de l'espion n'était pas sans fondement. Chacun savait bien à quel point le roi Marsal se montrait cruel envers ceux qui décevaient ses attentes.

— Quant à la messagère, c'est facile, poursuivit l'espion. Il s'agit de Griselda Saint-Bayard.

— Ah. Pascuala a recruté la meilleure des aventurières... Qu'importe! Tu as raison: un personnage aussi falot que toi échouerait à coup sûr. Mais je connais l'homme qui me donnera satisfaction. Va me chercher Crezia.

— La... La sorcière?

Le roi ne se donna pas la peine de répondre et l'homme s'empressa d'exécuter une profonde révérence, avant de sortir. Une fois seul, Marsal prit le temps de s'asseoir près d'une fenêtre et de regarder distraitement les coulées de pluies sur le verre inégal. Mais, d'un naturel nerveux, il ne put rester en place très longtemps et recommença à marcher de long en large dans la salle ronde. Il savait qu'une belle jeune fille, fort justement prénommée Colombe, l'attendait dans ses appartements privés depuis le matin. Pourtant, l'envie d'aller la rejoindre l'avait quitté. Il se sentait d'humeur belliqueuse.

— Oui, le fils de Crezia sera parfait pour cette mission, réfléchit-il tout haut.

De plus, la sorcière serait heureuse qu'il se décide enfin à l'engager. Elle essayait d'établir son fils auprès du roi Marsal depuis sa majorité, espérant sans doute qu'il se gagnerait des titres et des terres par de bons services. Le roi d'Evres n'avait pas l'intention d'annoblir un bâtard de sorcière nordique, reniée par les siens. Cependant, il escomptait bien qu'avec cette faveur, Crezia baisserait ses prix pour le prochain assassinat qu'il planifiait. Au cas où la lettre parviendrait jusqu'au pape, il ne fallait pas que Valente soit en mesure d'appuyer la reine Pascuala. Ni maintenant, ni jamais.

2

Une mission divine

Frère Terenze s'était bâti un échafaudage chambranlant qui montait jusqu'à la voûte de sa petite église. Là, couché sur le dos, le nez à quelques centimètres du plafond, il avait peint sa première fresque. Cette nouvelle technique lui avait été enseignée deux ans auparavant par un obscur peintre des côtes est, en visite à Orpierre. À cette époque, le jeune Terenze venait à peine de se joindre à l'Ordre des Aurélicains. Il ignorait encore dans quelle région éloignée on l'enverrait porter la Vraie Foi. Il avait cru pouvoir passer toute sa vie dans l'ombre du Haut-Siège et s'inspirer des grands artistes qui gravitaient dans la ville sainte. Le religieux avait même songé à se joindre à l'équipe qui devait repeindre toutes les églises d'Orpierre, pour le pape Bienheureux.

Mais Terenze avait reçu la mission de risquer sa vie loin dans le nord, chez les Nordiques, avec quatre de ses frères dans l'Ordre. Il était donc parti, sans regret puisque c'était un péché de rêver à une vie inaccessible. Il n'avait pu approfondir la technique des fresques — qui, il en était persuadé, se répandrait vite sur tout le continent —, mais il se disait avec philosophie que l'occasion se présenterait peut-être à nouveau...

Debout au milieu de sa petite église, le frère Terenze contempla la fresque au plafond et se réjouit du résultat obtenu. Évidemment, les scènes imbriquées les unes dans les autres sur toute la surface de la voûte auraient fait piètre figure à Orpierre. Le dessin trahissait trop l'inexpérience du peintre. Cependant, la vitalité des couleurs choisies servait bien le sujet: la Création du monde par les Trois Anges. Terenze n'avait pas espéré peindre un chef-d'œuvre, de toute façon. Son but avait seulement été d'impressionner les futurs fidèles. En ces frustes contrées du nord, sa fresque était assurée d'y parvenir.

D'ailleurs, elle s'accordait au reste de la petite église. Bâtie par les Aurélicains, elle aurait été qualifiée d'«ordinaire» par les religieux du sud: banalement rectangulaire, avec un seul clocher pas très élevé et fait de pierres inégales, elle manquait de style. Mais plus tard, quand la Vraie Foi serait bien établie parmi les barbares Nordiques, il y aurait de la main-d'œuvre pour construire une église imposante. À quatre, les frères Aurélicains avaient dû se montrer modestes.

Le regard du frère Terenze quitta sa fresque pour parcourir des yeux l'unique pièce de l'église. Telle quelle, dans sa simplicité, elle renfermait quand même quelques trésors. Entre autres, trois statues anciennes, de taille humaine, représentant les Trois Anges de la Création, à qui l'église était consacrée. À cause de la fragilité de ces statues, les quatre frères Aurélicains avaient dû contourner les Aris par l'ouest et traverser les champs de bataille du roi Marsal d'Evres pour arriver enfin au cœur du territoire Nordique. Mais l'effort avait porté ses fruits: déjà, quelques femmes Nordiques avaient ouvert de grands yeux ébahis en contemplant les hommes de pierre ailés. À force d'impressionner les barbares, le message de la Vraie Foi passerait, il n'y avait là aucun doute...

Terenze allait se remettre au travail et démonter son échafaudage de bois quand l'une des statues retint soudain son attention. Il se frotta les yeux, certain que la fatigue lui jouait des tours, mais il n'était pas victime d'hallucinations: la statue du Troisième, celui qu'on appelait la Voix, prenait vie devant lui. La faible lueur du jour qui entrait encore par les fenêtres semblait se décupler en touchant le marbre, de sorte que l'Ange s'illuminait peu à peu. Son expression figée brilla d'un éclat fantômatique et s'adoucit d'un sourire. Terenze lâcha ses pinceaux et tomba à genoux. Les deux mains de la statue se tendirent vers lui, avec un doux froissement de plumes. Ses traits ne bougèrent pas, la bouche resta bien close, mais le religieux entendit clairement les paroles que l'Ange lui adressa:

— Terenze, prononça-t-il dans un souffle, avec une inflexion d'une infinie tendresse.

— Je suis à votre service! répondit le frère sans hésiter.

— Terenze, nous avons besoin de toi, de tes talents.

Le religieux baissa humblement la tête et attendit la suite.

— La Vraie Foi s'oriente peu à peu vers un nouveau culte, poursuivit l'Ange. On idôlatre les saints hommes, on leur bâtit des cathédrales. Leurs mots sont consignés dans des livres et on se les répète avec dévotion.

— Ils sont un modèle de vie exemplaire pour les pécheurs que nous sommes tous, approuva Terenze avec enthousiasme.

— Mais on oublie les anges et, surtout, nous Trois qui avons présidé à la Création du monde! tonna la voix du Troisième.

Le frère sursauta à cet éclat imprévu. Il ne savait trop à quoi il s'était attendu de la part d'une apparition, mais la douceur et la tendresse dans la voix de l'Ange lui avaient paru aller de soi. Et pourtant, sa colère aussi était juste. En effet, les gens oubliaient peu à peu la puissance des Trois Anges. Même lui, le religieux qui leur avait consacré une église, le peintre dont ils étaient le sujet favori, se les figurait comme de simples guides bienveillants. Des saints hommes à plumes...

— Nous désirons être plus présents dans les prières des fidèles, conclut l'Ange. Nous aimons la place que tu nous donnes dans tes œuvres. Tu les porteras jusqu'au Haut-Siège d'Orpierre et, là-bas, tu te perfectionneras auprès des grands maîtres d'art. Tes icônes relanceront notre culte.

— C'est... C'est une mission divine que vous me confiez-là! s'étonna Terenze. C'est même l'œuvre de toute une vie.

Il faillit ajouter qu'en plus, cette mission réalisait son rêve le plus cher. Mais cela, les Trois Ange devaient déjà le savoir...

— Il serait dommage de laisser tes nombreux talents artistiques se perdre et sombrer dans l'oubli, au milieu de la forêt nordique. Fais vite, Terenze. Nous comptons sur toi.

La douceur était revenue dans la voix de l'Ange, comme si le Troisième avait voulu s'excuser de sa colère et rendre ses ordres plus facile à accepter. Le religieux s'y pliait cependant avec joie. Les Trois Anges l'avaient choisi entre tous les peintres, au détriment d'artistes plus expérimentés que lui; ils lui faisaient un grand honneur. C'est donc sans hésiter qu'il renonçait à porter la Vraie Foi chez les sauvages ignorants et qu'il quittait l'Ordre des Frères Aurélicains. Les Anges l'appelaient à une vie de saint homme...

La lueur qui avait animé le marbre s'éteignit peu à peu. Le sourire du Troisième redevint une bouche bien ronde, comme l'avait voulu son sculpteur, et ses mains se recroisèrent sur sa poitrine. Terenze avait à nouveau sous les yeux la statue ancienne et muette qu'il connaissait. Dehors, le soleil s'était couché depuis un bon moment et il faisait complètement noir dans l'église. Le religieux courut sans tarder jusqu'à la cabane voisine, qu'il partageait avec les trois autres Aurélicains. Il tremblait d'impatience à l'idée de leur raconter sa vision.

Bien d'autres qu'eux auraient songé, en apprenant de quelle mission Terenze se disait être chargé, que le jeune frère était las des conifères et du froid et qu'il venait de s'inventer une raison pour regagner le sud. Mais pas Illo, Vitalis et Fatius. Ils hochèrent gravement la tête, heureux que leur petite église ait été choisie pour un tel miracle. Certes, *cela* attirerait des fidèles lorsque la nouvelle se répandrait!

— Le Troisième m'a recommandé de faire vite, se souvint Terenze. Cela signifie que cette fois, je devrai traverser les Aris.

— Bien sûr, inutile de faire le détour, l'approuva le frère Illo. Mais tu ne peux pas te lancer dans un tel voyage seul!

Ç'aurait été, Terenze devait se l'avouer, d'une grande imprudence. Né près de la mer, dans un pays de champs et de collines, le jeune frère ignorait tout des montagnes. Illo, au contraire, avait vécu plusieurs années dans les Aris. Pas très haut, sur la route empruntée par les pèlerins d'Evres qui allaient à Orpierre par le chemin le plus direct, des religieuses avaient bâti une abbaye. Peu après, des hommes s'étaient joints à elles pour fonder une école. Loin de tout, on y élevait les filles et garçons de bonne famille afin de les préparer à une vie sans péché. On y accueillait aussi (et surtout) les orphelins et les cadets de familles pauvres dans le but d'en faire des religieux exemplaires. Il y avait longtemps que le frère Illo avait été professeur à l'École du col de la Forge. Son épaisse chevelure blanche témoignait en plus qu'il avait passé l'âge de se balader en montagne. Malgré tout, il serait le compagnon de voyage idéal pour Terenze.

— Quant à nous, fit Vitalis, nous resterons ici pour enseigner la Vraie Foi. Maintenant que l'église est terminée, avouons que nous n'avions plus tellement besoin d'être quatre...

C'était une façon polie de rendre hommage à l'âge avancé du frère Illo. Ainsi, il pourrait rester sans remords à Orpierre et y entretenir sa corpulence... Terenze approuva du chef. L'Ange lui était décidément apparu au bon moment: l'église était achevée, la saison était encore favorable à la traversée des Aris... Le religieux avait déjà hâte d'être auprès du pape Bienheureux afin de lui confier sa vision.

Le lendemain, après les matines, les deux frères empaquetèrent le peu qu'ils possédaient dans une charette attelée à un robuste cheval de trait. D'ici trois ou quatre jours, cinq tout au plus si le temps tournait à la tempête, ils arriveraient au col de la Forge. Terenze mit de côté une toile, en prévision de cette étape; autant commencer l'œuvre de sa vie tout de suite et laisser à l'École une image des Anges...

3

Griselda la messagère

Tard cette nuit-là, une femme vêtue comme un homme se présenta aux portes de l'abbaye, demandant un refuge contre les vents froids pour sa monture et elle. La jeune nonne qui veillait la fit entrer et referma derrière elle la grande porte qui, autrefois, avait protégé l'abbaye contre les guerriers de la fausse foi.

— Vous avez de la chance, fit-elle en détaillant sévèrement la tenue de la voyageuse. Si tard dans la saison, les pèlerins se font rares et nous avons plusieurs chambres libres.

— Vous m'en voyez ravie. Je préfère de loin un lit dur à un coin dans l'écurie en compagnie de mon cheval!

La voyageuse rit, comme s'il s'agissait là d'une plaisanterie, mais cessa bien vite quand elle vit que la nonne restait de marbre. Retirant sa longue cape humide, elle emboîta le pas à son hôtesse et la suivit dans les corridors de l'abbaye, sans jamais cesser de regarder autour d'elle. Quand, enfin, la jeune nonne s'arrêta devant une minuscule chambre où il n'y avait pas même de place pour une fenêtre, la femme inspecta la pièce avant de hocher la tête et d'y entrer. Peut-être pour s'assurer que personne ne s'y tenait caché.

— Voici votre chambre, dame...

— Griselda Saint-Bayard, répondit la voyageuse avec un petit sourire en coin.

— Eh bien, Griselda, vous ferez la connaissance de l'Abbesse demain matin, au petit-déjeuner. En attendant, passez une bonne nuit.

— Et les maîtres de l'École? demanda la femme avec aplomb. Les verrai-je aussi au matin?

— Divine miséricorde, non! s'offusqua la nonne. Pourquoi donc voudriez-vous les voir? Nous n'avons que très peu de contacts avec les gens de l'École et les étudiants. Les travaux manuels et la prière occupent tout notre temps.

Griselda n'ajouta rien. Elle referma la porte de sa chambre en souhaitant une nuit calme à son hôtesse, se déchaussa et se glissa, tout habillée, entre les draps du lit. Les paupières grandes ouvertes, la voyageuse scruta les ténèbres un bon moment avant de se relever et de ressortir dans le corridor.

* * *

Les cloches du couvre-feu sonnaient déjà. Assise par terre contre le mur de sa chambre, à moitié cachée derrière le lit, Elsie écarta la bouteille de ses lèvres. Le temps avait passé beaucoup plus vite qu'elle ne l'avait cru. La jeune fille avait volé du vin de miel à la cuisine, tout de suite après le souper, persuadée de pouvoir le boire avant l'heure du coucher. Mais il en restait encore la moitié dans la bouteille.

«Quel gaspillage! songea Elsie. Si Bronya avait voulu y goûter avec moi, ce vin n'aurait pas été perdu.»

Malheureusement, la grande Bronya n'osait jamais braver les interdits; comme toutes les filles de l'École, en fait. Elsie se retrouvait souvent seule à cause de sa curiosité. L'épisode du vin de miel, un breuvage strictement réservé aux adultes, n'était qu'une occasion parmi bien d'autres. Une occasion qui causerait beaucoup d'ennuis à la jeune fille si la nonne de garde découvrait un carafon à moitié plein en faisant sa tournée des chambres. Vide, il aurait disparu au milieu des autres fioles et bouteilles qui composaient la collection de l'étudiante... Mais inutile de songer à avaler d'un trait ce qui restait; l'alcool épicé commençait déjà à lui donner des haut-le-cœur.

Entendant des pas dans le corridor, Elsie déversa prestement le contenu de la bouteille dans son pot de chambre et s'engouffra dans son lit. La nonne ouvrit la porte au moment où la jeune fille fermait les yeux, feignant de dormir. Il semblait à Elsie qu'on avait échangé son matelas contre un bateau perdu en haute mer tellement le lit tanguait. Si la nonne ne s'était attardée sur le pas de la porte, la jeune soûlonne se serait levée en vitesse pour ouvrir la fenêtre et calmer ses nausées. Mais l'étudiante avait trop souvent échappé au contrôle des religieuses de l'École; désormais, elles se méfiaient d'elle.

Enfin, la porte se referma et les pas s'éloignèrent vers une autre chambre. Elsie se précipita à la fenêtre en trébuchant et laissa le vent froid pénétrer dans la pièce. Elle resta là, accoudée à la pierre, attendant que la nausée passe. Elle regarda longuement les arbres dans la cour et le banc de maître Sin'Chin', le plus patient des professeurs de l'École. Elle observa aussi la bâtisse qui lui faisait face, l'aile des garçons où, à ce qu'on lui avait dit, elle avait un cousin. Elsie rêvait depuis long-temps de visiter cette partie de l'École. Elle désirait rencontrer des garçons ailleurs que dans la grande salle, à l'occasion des célébrations annuelles. Elle aurait aimé leur demander si on leur interdisait autant de choses qu'aux filles et s'ils essayaient, eux aussi, de découvrir quand même ces choses.

Aller du côté des garçons était toutefois plus difficile que se glisser incognito dans le bâtiment central, là où les professeurs logeaient. Elsie avait pu y fouiner deux fois, pendant les récréations, et s'était fait prendre. Inutile, donc, d'espérer continuer plus loin, chez les garçons! Ce soir, cependant, dans l'état d'ivresse où elle se trouvait, la jeune fille crut qu'elle en serait capable. Sans y réfléchir à deux fois, elle sortit dans le corridor et courut jusqu'à l'escalier.

Elsie parvint à se rendre dans le bâtiment central sans trop de difficulté; l'aile des filles était plutôt déserte, la nuit. Mais une fois là, les choses se compliquèrent. Les professeurs se couchaient tard et circulaient beaucoup dans les corridors. À quelques reprises, la jeune fille manqua se faire prendre. Des alcôves bien placées, où elle pouvait se glisser derrière une statue, et d'épais rideaux lui fournirent chaque fois une cachette de dernière minute. Elsie n'avait jamais connu une telle chance.

Passant du premier étage au second, la jeune fille s'étonna de la différence, dans la décoration, entre l'aile des étudiantes et la bâtisse des professeurs. Chez les filles, les corridors de pierre grise se ressemblaient tous, du premier au troisième étage, et ne comportaient que des portes. Aucune fenêtre à orner de rideaux, aucune décoration pour égayer l'endroit. Ce n'était pas le cas du logis réservé aux maîtres. Le premier étage avait été garni de statues anciennes, des chaises rassemblées par trois ou quatre dans les coins formaient de petits salons à aire ouverte et de lourds rideaux masquaient, en partie, de hautes fenêtres à carreaux.

Au deuxième étage, la décoration se faisait plus sobre. Des toiles et des tapisseries avaient été pendues aux murs, s'inspirant pour la plupart des Douze Préceptes et, dans les alcôves, les statues étaient plus souvent de bois que de marbre. Mais, comble de luxe aux yeux envieux d'Elsie, ici les portes des chambres n'étaient pas numérotées, comme dans l'aile des filles: le nom de l'occupant apparaissait sur une plaque gravée.

La fouineuse allait emprunter un petit escalier de bois, presque caché au fond d'un corridor et guère éclairé, quand elle entendit des voix à l'étage supérieur. Elle stoppa prudemment et tendit l'oreille, mais la conversation s'était tue. Bientôt, cependant, la lueur tremblotante d'une bougie lui apprit que des gens s'apprêtaient à descendre l'escalier au pied duquel elle se tenait. L'endroit n'offrait, cette fois, aucune cachette; le sang d'Elsie battit furieusement à ses tempes. En un éclair, elle entrevit le sort qui l'attendait si elle se faisait prendre loin de son lit à cette heure tardive... Au bord de la panique, la jeune fille avisa une petite porte, à peine entrebâillée, dans le giron de l'escalier. Sa hauteur obligerait un adulte à se pencher pour y pénétrer, ce devait être un placard. Elsie s'y introduisit et referma vivement la porte derrière elle. Dans l'ombre, elle sentit un verrou sous ses doigts et le fit jouer. Alors seulement les battements de son cœur ralentirent et elle put savourer l'ivresse du risque.

Les pas faisaient craquer l'escalier au-dessus d'elle et Elsie porta à nouveau attention à ce qui se disait, curieuse de surprendre la conversation des professeurs. À son grand étonnement, elle reconnut la voix de maître Sin'Chin':

— Toute autre que vous se serait cognée à une porte close.

— Nous n'avons pas douté un instant de votre loyauté envers la reine Pascuala, lui répondit une voix féminine.

Alors qu'Elsie se félicitait déjà de cette rencontre imprévue, tout excitée à l'idée d'entendre des secrets concernant la reine d'Evres, les pas s'arrêtèrent au bas de l'escalier. Devant la porte. L'un des interlocuteurs tourna la poignée.

— Il ne me semblait pas avoir fermé à clef, s'étonna Sin'Chin'.

Le cliquetis d'un trousseau de clefs apprit à Elsie, figée de terreur, que son professeur allait ouvrir la porte de sa cachette et la découvrir... Elle recula vers le fond du placard, espérant naïvement se dissimuler dans l'obscurité, et faillit trébucher en découvrant que l'endroit n'avait pas de fond. Et que, même, ce n'était pas un placard. De l'autre côté d'une grande toile opaque, tendue de façon à simuler un mur, la petite pièce s'élargissait jusqu'à devenir une petite salle de lecture. Une lanterne y brûlait sur un socle, attendant le retour de maître Sin'Chin'.

— Attention à la tête, prévint celui-ci en ouvrant la porte.

Elsie bondit sous une table ronde et rabattit la nappe derrière elle, évitant de justesse le pied central. Elle priait pour que son professeur n'ait pas eu le temps d'entrevoir le bout de sa chemise de nuit sous la nappe. Heureusement, Sin'Chin' se préoccupait davantage de la femme à ses côtés et de leur conversation.

— Et cette lettre, que dit-elle? demanda le vieil homme en s'assoyant.

Osant un bref coup d'œil par une déchirure de la nappe, Elsie vit que son professeur venait de prendre place à quelques centimètres de sa cachette, sur un banc de bois sculpté. Elle ne pouvait donc apercevoir son visage, son champ de vision allait des souliers de Sin'Chin' à ses genoux. La visiteuse, au contraire, se tenait assez loin de la table pour que la jeune fille la voie des pieds à la tête. Elle s'appuyait nonchalemment à une bibliothèque et parcourait les titres des ouvrages.

— «L'Encyclopédie des sciences de la personne», lut la femme à voix haute. Voilà de quoi vous faire condamner au bûcher!

Elsie n'aimait pas le ton ironique que la visiteuse avait pris. Se pouvait-il que la femme soit venue ici pour menacer le doux maître Sin'Chin'? Les professeurs passaient leur temps à répéter combien les livres pouvaient mettre une âme innocente en péril. Cette encyclopédie, en particulier, avait la redoutable réputation d'avoir été inspirée par les Sept Démons des Enfers. Bien sûr, son contenu restait un mystère pour la jeune étudiante. Elle ne pouvait que s'étonner de la voir ici, dans le repaire de son professeur favori, et supposer qu'il l'étudiait pour mieux la combattre. Plus curieuse que jamais, Elsie tendit l'oreille.

— Si j'avais eu à me retrouver sur un bûcher, répliqua maître Sin'Chin' d'un ton las, il y a longtemps que cela serait arrivé. Mais cette lettre?

— J'ignore ce qu'elle contient. Et je vous recommande de ne pas l'ouvrir non plus. Le pape pourrait bien prendre ombrage de cette intrusion dans son courrier personnel, même de la part d'un ami, et vous excommunier!

Elsie frissona. La visiteuse avait l'air si sérieux! La jeune fille s'étonnait que Sin'Chin' puisse rester impassible, face à de telles paroles. D'un autre côté, si le vieux maître jouissait vraiment des faveurs du pape, il ne devait pas craindre grand-chose. La rumeur circulait depuis un bon moment parmi les étudiantes de l'École et Elsie envisageait avec plaisir la perspective de la confirmer dès le lendemain...

— On excommunie pour un oui ou pour un non, ces temps-ci, soupira Sin'Chin'. Donnez-moi cette lettre, dame Griselda. Je la remettrai en mains propres à Bienheureux lors de sa visite au printemps. Je lui transmettrai par la même occasion les hommages de la reine.

— Au printemps? Mais cette lettre doit parvenir au pape bien plus tôt que cela! La reine semblait croire que Bienheureux était déjà en route, sinon elle aurait chargé son cousin de la lui remettre: la Jaussière est voisine du Haut-Siège d'Orpierre.

— Allons! Bienheureux ne viendrait jamais dans les Aris en hiver, la raisonna Sin' Chin'. Quelqu'un a mal informé la reine... Mais puisque l'affaire est si urgente, je ferai parvenir cette lettre à Orpierre par un pèlerin.

Devant le froncement de sourcils inquiet de l'aventurière, il précisa:

— Un ami sûr, qui saura éviter les espions de Marsal.

Le pli, dûment scellé, passa des mains de la visiteuse à celles du professeur. Sin'Chin' se leva et saisit, sur la plus haute tablette de la bibliothèque, un gros livre relié de cuir. Grâce au symbole doré sur la couverture, Elsie reconnut l'ouvrage: le Premier Livre Saint, peut-être même dans sa première version manuscrite. Un vrai trésor!

— Il y a longtemps que j'ai promis à Bienheureux de lui faire cadeau de ce livre ancien. Ce sera une bonne occasion.

Ce disant, Sin'Chin' glissa la lettre entre les pages jaunies. Guettant toujours par l'accroc de la nappe, Elsie ne quitta pas le livre des yeux, mémorisant son emplacement sur la tablette. Voyant que la missive se trouvait enfin en sécurité, la visiteuse jugea sans doute qu'elle s'était bien acquittée de sa mission et salua avec empressement le vieil homme.

— Je regagne mon lit sans tarder, expliqua-t-elle avec un soupir. Demain, je dois partir avant les matines pour passer le col de Saint-Yorre-des-Monts au plus tard à la brunante. Je crois qu'on me suit de loin...

Sin'Chin' ne répondit rien, au grand dam d'Elsie, qui aurait aimé savoir quelle autre mission obligeait une femme seule à voyager en des contrées si dangereuses. Il éteignit la lanterne et retourna dans le faux placard avec sa visiteuse. Elsie attendit que le bruit d'une clef dans la serrure résonne dans le silence. Alors seulement elle s'extirpa de sa cachette, tout enkilosée, et chercha à tâtons le chemin de la sortie.

Maître Sin'Chin' ne devait pas se donner la peine de faire le ménage, la poussière chatouillait les narines de la fouineuse et lui donnait envie d'éternuer. Sous ses doigts, des statuettes empilées pêle mêle aiguillonnaient sa curiosité. Cela ne ressemblait pas à son vieux professeur d'entasser sans ménagement des œuvres d'art, lui qui parlait de la sculpture et de la peinture avec tellement de respect...

«À moins qu'il s'agisse d'œuvres mises à l'Index, dont Sin'Chin' se serait fait le gardien?»

Tout à coup craintive, Elsie se signa en vitesse. La griserie du vin de miel s'étant dissipée, la jeune fille se rendait bien compte dans quel pétrin elle s'était fourrée en s'aventurant si loin de sa chambre. Sa raison lui dictait de retourner se coucher au plus vite, sans s'intéresser aux dangereuses merveilles qui s'entassaient ici... Mais sa curiosité, comme toujours, fut la plus forte. Trop petite pour se hisser jusqu'au gros livre cachant la lettre de la reine, elle se contenta d'attraper n'importe quel ouvrage au raz du plancher. Emportant avec elle un échantillon du savoir réservé aux adultes, elle quitta à son tour le repaire secret de son professeur.

4

Le livre de magie

L'École, du moins ce qu'en connaissait Elsie, ressemblait à un grand L dont la partie la plus courte était formée par l'abbaye. Entre les deux ailes, celle des garçons et celle des filles, un grand mur délimitait les terrains de jeu respectifs. Malgré sa superficie réduite, du côté des filles, on appelait cet espace le «parc» à cause de la pelouse couvrant le sol, de la fontaine qui coulait juste au bas de l'escalier de pierre et des sapins qui encadraient le banc, tout au fond.

Elsie jouait peu dans le parc: les ballons et les cerceaux ne l'intéressaient plus. Elle passait presque tous ses moments libres à parler avec ses amies des autres classes, qu'elle ne voyait qu'au moment de la récréation et des repas. Comme cela lui arrivait souvent, elle se trouvait au centre du petit groupe, qui la contemplait avec curiosité. Certaines filles étaient plus âgées qu'elle-même, mais chaque fois qu'Elsie se mettait en tête de leur raconter sa dernière aventure, ses amies restaient pendues à ses lèvres jusqu'à la dernière phrase de l'histoire. Pour ensuite affirmer qu'elles n'en croyaient pas un mot, la plupart du temps, mais cela lui était égal. Elles écoutaient religieusement, c'était le principal. Et dans leurs yeux, Elsie devinait qu'une part d'elles se demandaient: «Et si c'était vrai? Si Elsie pouvait vraiment faire tout ça?» Le respect que ce simple doute lui conférait suffisait amplement à satisfaire sa vanité.

— Hier soir, racontait Elsie d'une voix de conspirateur, je me suis glissée chez les professeurs.

Quelques *Oh!* étouffés saluèrent cette déclaration étonnante. Elsie ne dévoila pas bien sûr que son but premier avait été l'aile des garçons, ni que l'aventure avait commencé parce qu'elle était trop ivre pour bien comprendre ce qu'elle faisait. Elle savait depuis longtemps qu'il ne fallait pas détourner l'attention de ses auditrices par des détails superflus.

— Si vous me promettez de ne pas en parler aux autres, je vous révélerai les choses époustouflantes que j'y ai apprises!

— Comme quoi? demanda la grande Bronya, qui se laissait difficilement impressionner.

— J'ai découvert que maître Sin'Chin' reçoit des visiteuses en secret, la nuit! commença Elsie.

Les yeux brillants de ses compagnes lui dirent bien vite ce qu'elles imaginaient de ces rencontres nocturnes. Elle s'empressa donc de préciser:

— Hier, il s'agissait d'une messagère de la reine Pascuala.

L'intérêt des filles ne se démentit pas. Toutes avaient un faible pour le vieux professeur oriental. Elles regrettaient de ne le voir qu'une fois par mois, quand il venait leur donner le cours sur l'histoire de la Vraie Foi. Sin'Chin' différait tellement des autres maîtres de l'École, avec ses yeux bridés si mystérieux, qu'il excitait l'imagination. Les filles faisaient courir à son sujet toutes sortes de folles rumeurs; la dernière en liste voulait qu'il ait jadis été marié à la fille d'un roi très riche, mais que son pire ennemi ait assassiné la princesse. Malade de chagrin, Sin'Chin' se serait alors exilé à l'ouest, où il aurait découvert la Vraie Foi...

— Il y a longtemps que nous savons cela! bougonna Bronya. Tout le monde ici sait bien

que la reine, sa sainteté Bienheureux et Sin'
Chin' sont de grands amis.

— C'est vrai, admit Elsie. Mais la rencontre d'hier m'a permis d'apprendre quelque chose de passionnant.

La jeune fille regarda par-dessus son épaule, pour être certaine qu'aucun professeur ne les écoutait, avant de terminer:

— Saviez-vous que la magie existe vraiment?

Pour la première fois, Elsie eut l'impression qu'elle venait de dire une phrase de trop. Les filles qui l'entouraient s'écartèrent un peu, même son amie Pristella, et la regardèrent comme quelqu'un qui cherche seulement à se rendre intéressant.

— On sait bien que ce ne sont que des histoires, la contredit Pristella. Seuls les vieux paysans sans instruction y croient, parce que la Vraie Foi ne les a pas encore rejoints. Ce n'est pas de leur faute, ils ne savent pas.

— Maître Janko nous a bien dit qu'il n'y a pas de place dans le monde pour la magie, poursuivit Bertille, la plus jeune de leur groupe. Ce que les ignorants prennent pour de la magie n'est qu'un miracle cherchant à nous rallier à la Vraie Foi.

— On m'a dit ça, à moi aussi, protesta Elsie. Mais j'ai trouvé un livre...

Ses paroles ne réussirent pas à percer la soudaine indifférence de ses amies. Secouant la tête, sans doute déçues de ne pas avoir entendu une bonne histoire cette fois-ci, les filles s'éloignèrent d'Elsie en parlant d'autre chose. Seule Bronya resta un moment à ses côtés, le regard sévère. Elle était la plus vieille des filles encore à l'École et, pour cette raison, elle se croyait en droit de faire la leçon à toutes les autres quand bon lui semblait. Aujourd'hui, la grande paraissait avoir plus envie que jamais de réprimander Elsie.

— Tu ne comprendras jamais rien au bon sens, commença-t-elle sur un ton étonnamment bas. Est-ce que tu accumuleras les gaffes jusqu'à nous mettre toutes dans le pétrin?

Elsie ouvrit la bouche pour protester encore. C'était trop injuste! Elle prenait un plaisir fou à partager le récit de ses escapades avec ses amies. Elle croyait que cela mettait un peu de piquant dans leurs journées, pour compenser le fait qu'aucune n'osait la suivre. Et ce livre, elle n'en avait lu que la première page, ça ne pouvait pas déjà être considéré comme une gaffe... Mais Bronya ne la laissa pas s'expliquer.

— Les autres sont trop jeunes pour le savoir, ronchonna encore la grande. Mais toi, tu n'as pas d'excuse: les maîtres t'ont bien dit combien les livres étaient dangereux pour notre âme.

— C'est vrai...

— Et ils t'ont dit que parler de magie lorsque l'on était instruite dans la Vraie Foi constituait la pire des hérésies.

Elsie ne la contredit pas. De fait, elle avait beaucoup craint pour le salut de son âme au moment où elle avait commencé la lecture du livre. Elle courrait un grand danger, aussi, si on découvrait ce bouquin dans sa chambre; c'était une offense bien plus grave que se promener chez les professeurs en pleine nuit, qui lui vaudrait sûrement une punition sans commune mesure avec ce qu'elle avait subi par le passé. Elle avait donc caché le livre entre son matelas et le sommier. Elle baissa la tête, honteuse, et contempla les brins de gazon tandis que Bronya continuait de la gronder à mi-voix, pour ne pas attirer l'attention des professeurs.

— Sachant cela, tu t'es pourtant laissée entraîner sur les pentes de l'hérésie et tu t'es intéressée à la magie. Je parie que tu n'as pas non plus dénoncé vertueusement ce livre à maître Sin'Chin' ou, mieux encore, au directeur de l'École?

— Mais justement...

— Bien sûr que non, continua Bronya sans porter attention à ce qu'Elsie pouvait bien avoir à répondre. Au contraire, tu es venue tout nous raconter, pour nous mettre en péril nous aussi!

La voix de la grande Bronya menaçait d'éclater dans la cour de récréation tellement elle vibrait de colère réprimée. Elsie n'aurait jamais deviné que son aînée prendrait la chose avec un tel sérieux.

— Je n'ai voulu causer d'ennui à personne, fit-elle d'une petite voix désolée. Je voulais juste vous distraire...

— Écoute, Elsie, reprit Bronya d'un ton plus doux. Peut-être que tu ne sais pas très bien ce qui arrive quand on est jugé coupable d'hérésie. Après tout, tu n'as que douze ans...

— On est condamné au bûcher. Ou excommunié!

— Voilà. Mais tous ceux qu'on a côtoyés risquent le même sort, parce qu'on ne peut jamais être certain qu'ils n'ont pas aussi été contaminés. Tu comprends?

Elsie fit signe que oui, sans rien dire.

— Et moi, tu vois, j'ai presque quinze ans. Au printemps, ma famille viendra me chercher et alors je pourrai enfin sortir d'ici. Pour me marier et avoir des enfants, une maison, des champs... Peut-être plus de deux serviteurs, si je fais un bon mariage. Je ne veux pas te laisser gâcher cela en parlant de magie et en attirant l'attention des professeurs sur nous!

— On ne condamnerait pas des enfants, essaya de la rassurer Elsie.

— Peut-être pas. Mais on nous enfermera ici pour éviter que nous entraînions d'autres malheureux dans notre impiété. On nous forcera à porter la robe des nonnes et à prier toute la journée pour le pardon de nos fautes. Pour toi, qui n'a pas de famille, ça ne changera pas grand-chose. Tu deviendras nonne de toute façon. Mais Bertille et moi, nous n'avons pas à gâcher nos vies comme des pauvresses! Et tout cela parce que toi, Elsie, tu auras fouiné une fois de trop! Je ne te laisserai pas nous condamner.

Les yeux de Bronya lançaient des éclairs. Tout ce qu'Elsie trouva à faire fut de jurer qu'elle ne causerait jamais volontairement de tort à ses amies. Après un long moment d'hésitation, son aînée parut se satisfaire d'une telle promesse et la planta à son tour au milieu de la cour de récréation. Avant que les petites de six ans ne se mettent à rire d'elle parce que, pour une fois, ses amies l'abandonnaient, les cloches de l'École sonnèrent, annonçant le retour en classe. Piteuse, Elsie revint s'asseoir à sa place, osant à peine regarder du côté d'Iseline, son amie rousse. Elle n'en revenait pas qu'une simple escapade nocturne ait pu la mener au bord du désastre social!

* * *

Tout le reste de la journée, le livre de Sin'Chin' ne quitta pas les pensées d'Elsie. Les leçons de cuisine ne parvinrent pas à l'en distraire et, plus d'une fois, la vieille nonne qui enseignait à sa classe dut la ramener à l'ordre. Elsie détestait les nonnes, trop pincées pour se laisser attendrir par leurs élèves. Elle s'était promis depuis une éternité que, lorsqu'elle serait religieuse à son tour — ce qu'elle envisageait avec peu d'enthousiasme —, elle se montrerait plus gentille avec les enfants. Qu'elle ressemblerait aux professeurs, bien moins sévères, qui partageaient plus volontiers leurs connaissances. Quand l'heure du souper arriva enfin, la jeune fille se rua vers le réfectoire pour échapper aux réprimandes et retrouver ses amies. Et y guetter leurs regards, surtout, essayant de déceler si elle avait perdu à leurs yeux tout intérêt pour toujours.

— Elsie! Tu n'imagineras jamais ce qu'a fait Leli en classe, cet après-midi! s'exclama Pristella dès qu'elle l'aperçut.

— C'était digne de toi, jura Eliette sans lever les yeux de son assiette.

Ces seuls mots suffirent à rassurer Elsie quant à sa popularité auprès des autres. Au moment d'aller se coucher, elle avait presque déjà oublié l'incident de la récréation et brûlait de se plonger dans le gros livre emprunté à maître Sin'Chin'. Elle attendit que la nonne de garde soit passée, feignant de dormir selon son habitude, et s'empressa d'allumer une chandelle près de la fenêtre.

La première page, qu'elle avait déjà lue trois fois, servait d'introduction. On y expliquait ce qu'était la magie, de quels pouvoirs un magicien expérimenté pouvait disposer et, surtout, l'auteur décrivait fort consciencieusement la place que, selon lui, la magie devait occuper dans la société. Tout cela intéressait peu Elsie. Elle sauta au premier volet.

Il est une substance crayeuse d'un vert phosphorescent que l'on retrouve dans les îles des sauvages à peau noire, loin au sud, disait le livre. Ce devait être cette barre de craie, retenue par une sangle de cuir à la couverture intérieure, en retrait des feuillets. Elsie s'en saisit et la retourna pensivement entre ses doigts. Une poudre verte collait à la peau et semblait briller, à la lueur tremblotante de la flamme. Curieuse, la jeune fille poursuivit sa lecture. *Cette substance possède l'étrange pouvoir de faire pénétrer la magie dans un corps, moyen-*

nant de connaître les sigilles de pouvoir. Soudain craintive et se souvenant, un peu tard, des discours sur l'hérésie qu'on lui servait depuis quatre ans, Elsie laissa tomber la craie entre les pages du gros livre et essuya prestement ses doigts. Au cas où, même sans notion de ce qu'était un sigille, elle eût pu déclencher quelque chose de grave.

Elle continua tout de même sa lecture et, quand la lune commença à redescendre vers l'horizon, Elsie avait oublié à nouveau quels dangers courait son âme à trop s'intéresser à la magie. Lorsque ses paupières menacèrent de se fermer toutes seules, elle dût se résoudre à éteindre la chandelle, mais non sans expérimenter les pouvoirs de la craie verte. Sa curiosité l'emportait de loin sur la prudence. Ouvrant le livre au hasard, elle tomba sur un dessin tout simple. Le sigille des rêves, s'il fallait en croire l'auteur, nuancé des trois points du voyage. Les termes étaient tous beaucoup trop compliqués pour que la jeune fille y comprenne grand-chose. Ce sigille semblait cependant accorder le pouvoir de voyager par l'esprit, au moment privilégié du rêve.

Quel heureux hasard, juste avant d'aller dormir! songea Elsie en lisant rapidement le mode d'emploi sous le dessin. Tenant la craie par son plus gros bout et fixant sa réflexion dans la vitre, elle traça sur son front le symbole du rêve. Cela ressemblait à un œil bien rond, hérissé de quatre cils et dont la paupière du haut aurait manqué. Juste au-dessus, Elsie ajouta les trois points qui signifiaient le voyage. Quand ce fut fait, elle souffla la chandelle et attendit, dans le noir, que quelque chose se passe. Mais comme rien ne se produisait et qu'elle dodelinait de plus en plus de la tête, elle se glissa sous les couvertures, déçue. Cela lui apprendrait à croire tout ce que l'on trouvait dans les livres. Ils n'étaient pas dangereux pour son âme, ils étaient simplement idiots.

Elsie s'endormit. Et rêva.

C'était un rêve ordinaire, qui transportait la rêveuse d'un lieu à un autre sans se soucier de logique ni de temporalité. Elsie visita donc ainsi des cathédrales et des châteaux somptueux, marcha au milieu de dignitaires vêtus d'étoffes précieuses et vit des paysages exotiques dont elle n'aurait même pas soupçonné l'existence. Jamais elle n'avait fait de rêve aussi coloré, cependant, ni qui donnait une aussi forte impression de réalisme. Au réveil, Elsie sentirait sans doute encore les parfums terreux de la savane et, entre ses doigts, le tissu rêche de ses couvertures lui rappellerait, par contraste, la douceur de la soie...

Vers la fin, les images du rêve devinrent de plus en plus précises. Elsie se retrouva dans une salle ronde au plafond en voûte, flottant au-dessus d'un homme barbu. Il devait être fort riche, car il était littéralement couvert de bijoux. Par contraste, la vieille femme qui lui faisait face ressemblait à une mendiante avec son long collier fait de coquillages et d'osselets. Dans sa main, un vieux couteau d'obsidienne luisait de sang et, devant elle, sur une assiette d'or, un petit animal gisait éventré. Elsie sentit son estomac se révulser et souhaita quitter cet horrible endroit. Au moment où la scène pâlissait devant ses yeux de rêveuse, la jeune fille vit la sorcière lever la tête vers le plafond et chercher quelque chose, dans l'air au-dessus de la tête de l'homme...

L'endroit suivant que la rêveuse visita était plus paisible. La scène en elle-même lui était familière: une femme toute frêle, vêtue de noir, priait dans une chapelle. Quelques jeunes filles à l'air peureux l'entouraient, des dizaines de chandelles et de grands cierges peints brûlaient partout. Elsie songea à une veillée funèbre... Et les images pâlirent à leur tour.

La neige remplaça les salles de pierre polie et les pics immenses d'une chaîne de montagnes — qu'Elsie devina être les Aris — envahirent tout le champ de vision de la rêveuse.

Elle se trouvait dans un col, semblable à tous les autres pour une jeune fille qui n'avait jamais vraiment voyagé. Des nuages obscurcissaient le ciel, la tempête menaçait. Malgré ces conditions défavorables, une silhouette avançait, tirant sa monture par les guides le long d'une étroite corniche. Un seul faux pas à sa gauche signifiait une chute mortelle dans un gouffre, dont le fond se perdait dans la blancheur du paysage. Mais la voyageuse, emmitouflée dans une lourde cape de fourrure, paraissait sûre d'elle.

L'apercevant, Elsie eut la conviction qu'il s'agissait de Griselda, traversant le col de Saint-Yorre-des-Monts. Elle ignorait comment elle pouvait en être aussi certaine, mais elle l'aurait juré devant le pape Bienheureux lui-même. Curieuse à nouveau de la mission qui poussait une femme à emprunter des chemins aussi dangereux, la jeune fille se concentra un peu plus sur la silhouette brune.

L'aventurière avait, visiblement, l'expérience de ce genre d'expédition. Elle ralentissait lorsque son cheval menaçait de tomber, prenant le temps de lui murmurer à l'oreille des paroles réconfortantes. Elle arrivait au bout de la corniche, là où le chemin s'écartait de la paroi, quand un grondement lui fit lever la tête. Avant même de comprendre ce qui se passait, Griselda et son cheval furent balayés par une avalanche et emportés au fond du gouffre. Tout s'était passé en une fraction de seconde et Elsie, bien que peu familière de ces accidents en montagne, ressentit l'étrangeté de la situation. Cette avalanche n'était pas naturelle. Pour la jeune rêveuse, c'était aussi évident que l'identité de la voyageuse. Si l'idée même n'avait pas paru si absurde, la jeune fille aurait été persuadée que quelqu'un avait déclenché la catastrophe juste au moment ou Griselda se trouvait la plus vulnérable.

Avant de se réveiller, Elsie fut transportée en haut de la montagne. Là, un homme riait d'une voix rauque que la rêveuse entendait à peine, son hilarité faisant tressauter ses épaules. Bien qu'elle l'eut voulu, elle ne parvint pas à distinguer son visage; l'homme était en train de se transformer en oiseau de proie...

Le rêve prit fin sur l'image d'un religieux, de dos, assis tranquillement devant une fenêtre ouverte aux vents nocturnes et absorbé dans la lecture d'un gros manuscrit.

5

Une macabre découverte

Le soleil se levait à peine, entre les pics des Aris. Une brume flottait encore dans l'air, baignant tout le paysage de pastels humides. Il y avait une bonne heure que les frères Terenze et Illo avaient quitté le village où ils avaient passé la nuit. Leur charette cahotait sur la route inégale, menaçant de les éjecter de leur banc lorsqu'une roue passait sur une pierre plus grosse que les voisines. Mais l'air vivifiant, joint à l'excellent pain de fruits qu'on leur avait donné pour déjeuner en chemin, les rendait de bonne humeur. Ensemble, ils évoquaient les souvenirs du frère Illo concernant le col de la Forge. Ils y seraient dans la nuit.

— Tous les pics se ressemblent, soupira Terenze, cherchant pour la centième fois un détail dans la blancheur des glaciers qui aurait particularisé l'un d'eux. Il est presque impossible de savoir si nous nous dirigeons bien vers l'École!

— Pas du tout! protesta Illo. Tu vois cette montagne, là, qui a la forme d'un trident?

Le vieil homme leva un bras et pointa l'un des massifs.

— L'École et l'abbaye se trouvent sur l'autre versant.

Mais le frère Terenze porta peu d'attention à ce qu'Illo lui montrait. Son regard venait d'être attiré ailleurs. À leur droite, le pic est du trident s'élevait comme un mur presque lisse sur des centaines de mètres. À leur gauche, au contraire, la montagne descendait en pente douce jusqu'à la route. En cette saison, ce n'était rien d'autre qu'un champ de pierres. Si plusieurs espèces de connifères croissaient encore à cette altitude, dans cette vallée, pendant le court été alpin, on ne voyait que de vastes étendues de fleurs. Une large zone, au pied de la montagne, était recouverte d'une épaisse couche blanche. Comme si un pan complet de glacier avait glissé jusqu'à la route. Des gens s'y affairaient, semblant fouiller la neige.

— Étrange, murmura Illo en remarquant à son tour la coulée de neige.

— Ce doit être très impressionnant de voir une avalanche, fit Terenze. Toute cette neige et cette glace qui dégringolent à une vitesse folle!

— De loin, certes, ça parait joli, admit son compagnon. Ça ressemble à une poche de farine qui se déverse en bas d'une table, avec le même genre de nuage floconneux qui s'élève tout autour... Mais quand l'avalanche t'entraîne, c'est la mort assurée.

Il était sans doute arrivé une telle tragédie à un voyageur malchanceux, passant en haut sur une des pentes du glacier. Les villageois qui examinaient la neige devaient avoir trouvé son corps et se désolaient de reconnaître un ami, un parent...

— Une seule chose m'intrigue, cependant, continua Illo en fronçant les sourcils. Nous sommes en automne: ce n'est pas la saison des avalanches. Du moins, il me semble.

La route amena les deux frères à traverser une lame de neige, tout près des villageois. L'un d'eux releva la tête en entendant la charette et, reconnaissant des religieux, fit de grands gestes dans leur direction. Intrigués, Terenze et Illo s'arrêtèrent et regardèrent l'homme s'avancer prestement.

— S'cusez-moi, mes frères, mais y'a un corps qu'aurait bien besoin d'un office des morts. On avait pensé aller chercher quelqu'un à l'École, mais vu que vous passez dans l'coin...

Terenze n'avait jamais prononcé d'oraison, encore moins mortuaire. Il n'était même pas certain de ce qu'il convenait de dire. Son aîné avait plus d'expérience. Le vieux frère descendit péniblement de la charette, rajusta les plis de sa soutane autour de son gros ventre, et fit signe au frère Terenze de le suivre avec un de leurs coffrets.

Chaque religieux possédait son propre coffret: on le lui donnait lorsqu'il se joignait à un Ordre. À l'intérieur, le pape ou l'un de ses archevêques plaçait une sainte relique qui inspirerait le porteur de la cassette toute sa vie. Même si ce n'était pas la coutume, Terenze savait ce que le sien renfermait: une plume d'ange. L'archevêque d'Arrola avait montré des talents de visionnaire en choisissant cette relique, le jeune frère le comprenait maintenant. C'est ce coffret-là qu'il emporta avec lui sur le champ de neige.

En s'approchant du petit groupe, toujours penché sur le corps de l'infortuné voyageur, Terenze surprit des bribes de conversations. Les hommes murmuraient, comme s'ils craignaient de parler du triste événement à voix haute.

— C'est Honorat qui m'a averti, disait le plus court des villageois rassemblés. Le bruit l'a réveillé cette nuit et y voulait venir voir tout suite. Quand y'est passé chez moi, j'y ai dit d'attendre au moins qui fasse jour...

— Moi, je s'rais même pas v'nu voir si la Dolorita avait pas insisté, renchérit son voisin barbu. Une avalanche quand le froid commence juste à s'installer, c'est pas normal.

— Pis surtout pas ici! l'approuva un grand chauve. Dans l'coin du pic d'acier, je dis pas, mais ici... Avec le charognard en plus, y'a de la sorcellerie en-dessous de tout ça...

L'homme jeta un coup d'œil aux deux frères en disant cela, pour constater que Terenze l'observait. Et que, de toute évidence, il n'avait pas manqué un mot de leur brève conversation. Le villageois se signa subrepticement.

— En tous cas, vous savez ce que j'en pense, termina-t-il en s'éloignant du corps.

Les trois hommes avaient éveillé la curiosité du frère Terenze. Il avait eu l'intention d'assister son aîné pour l'office improvisé, mais pas de s'approcher de la victime. Les seuls cadavres qu'il avait vus auparavant reposaient sereinement, ayant trouvé dans la mort l'apaisement de leurs souffrances. Il soupçonnait qu'il en serait autrement de celui-ci. Peut-être le défunt aurait-il encore les yeux ouverts et, sur les traits, un rictus de terreur racontant sa fin tragique... Terenze craignait un peu de se ridiculiser en tombant dans les pommes.

Malgré cela, un intérêt morbide lui fit jeter un coup d'œil sur le corps — duquel il se détourna rapidement, se signant à son tour.

La voyageuse — car cela au moins était encore évident — et sa monture gisaient dans un état lamentable. Terenze avait cru que les villageois étaient responsables du déneigement des corps. Les premiers arrivés sur les lieux auraient aperçu un bout qui dépassait, ils auraient espéré pouvoir sauver l'infortunée... Mais les choses n'avaient pu se passer ainsi. Un animal — un charognard, selon l'identification du grand chauve — s'était donné beaucoup de mal pour extraire complètement les deux cadavres de l'avalanche avant de s'acharner sur eux. Et, curieusement, ça n'avait même pas été pour se repaître de ses victimes: bien qu'en piteux état, les corps restaient entiers.

Le charognard ne pouvait être qu'un oiseau. Aucune autre espèce d'animal n'aurait réussi à crever les yeux de la femme et du cheval de façon aussi nette. Il avait déversé sur eux sa violence, lacérant les chairs, défigurant la voyageuse et ne laissant de ses vêtements que des lambeaux. Les restes d'un sac à dos éventré s'éparpillaient deux mètres plus loin, ainsi que le contenu des poches de selle. Terenze n'avait jamais entendu parler d'un animal agissant de façon aussi gratuite.

— Si cela ne me paraissait pas si fou, réfléchit Terenze à mi-voix, je dirais que quelqu'un poursuivait cette femme et que ce carnage ne sert qu'à dissimuler une fouille en règle.

— Dans ce cas, l'avalanche qui a coûté la vie à l'infortunée tombait juste à point pour servir le dessein de ce criminel, répondit le frère Illo.

Terenze sursauta. Perdu dans la contemplation horrifiée des deux corps mutilés, il n'avait pas remarqué que son compagnon de voyage se tenait derrière lui. Ses paroles lui remirent en mémoire celles des trois hommes: une avalanche ici, en cette saison, cela devait cacher de la sorcellerie. Quelle infamie!

N'empêche, le frère Illo prononça son oraison mortuaire en quelques phrases rapides, les mains posées sur le coffret de Terenze. Puis, les deux religieux bénirent sommairement les villageois qui étaient restés sur les lieux et s'empressèrent de remonter dans leur charette. Plus longue serait la route entre eux et la scène de l'avalanche, mieux ce serait pour leur tranquillité d'esprit.

6

Un mal mystérieux

Elsie ouvrit les yeux dans un sursaut, le souffle court comme si elle s'était livrée à une longue course. Déroutée, éblouie par le soleil, elle mit un moment avant de se calmer. Elle ne comprenait pas comment il se faisait qu'elle ait dormi si tard. Habituellement, les cloches des matines la réveillaient aux aurores: elles sonnaient juste à côté de sa chambre! Les images si bizarres de la nuit lui revinrent en mémoire, ainsi que le texte du gros livre. Pas étonnant qu'elle ait rêvé à la messagère, qui parlait sans cesse d'excommuniation et de bûcher, après une telle lecture.

— Elsie! C'est une catastrophe!

À travers le voile de cheveux qui lui couvrait le visage, la jeune fille vit son amie Pristella se pencher vers elle et lui secouer l'épaule. Elsie avait connu des réveils plus agréables. Elle repoussa les mèches blondes derrière ses oreilles et s'assit dans son lit.

— Qu'est-ce qui se passe? demanda-t-elle en bâillant.

Pristella resta coite, dévisageant son amie avec stupeur. Elsie se souvint alors du dessin tracé sur son front à la craie verte. En rougissant, elle s'empressa de l'effacer du revers de la main. Un peu de poudre de craie verte resta collée à sa peau mais, par chance, son amie avait autre chose en tête et ne posa pas de question. Son trouble était si grand qu'elle ne s'étonna pas non plus au sujet du vieux livre, encore posé sur l'appui de la fenêtre, qui ressemblait bien peu aux petits manuscrits que les maîtres permettaient à leurs élèves de lire. Pristella enchaîna tout de suite avec ce qui l'amenait:

— Il faut absolument que tu viennes dans le parc!

— Vas-tu me dire ce qui se passe? grogna Elsie sans bouger.

L'automne tirait à sa fin et Elsie détestait sortir quand il faisait froid. La glace et le vent la rebutaient. Elle voulait d'autant moins se presser que Pristella avait la fâcheuse habitude de dramatiser les situations les plus banales. Il n'y avait peut-être rien d'autre qu'un poisson coincé sous la première glace, dans la fontaine du parc... Ce jour-là, la jeune fille ne se sentait pas compréhensive du tout. Les images si frappantes de son rêve la hantaient encore et elle avait quelque difficulté à se concentrer sur quoi que ce soit d'autre. Mais Pristella insistait:

— Gerbert m'envoyait te chercher, parce que tu as manqué la classe. Mais dans les circonstances, tu devrais t'en tirer facilement!

— Dis-moi tout, à la fin!

— C'est maître Sin'Chin'... Un malheur lui est arrivé!

Quelques minutes plus tard, Elsie accourait dans le parc, suivie de près par Pristella. Son amie n'avait pu lui donner de précisions sur le malheur qui affligeait son maître, car elle en ignorait encore la nature. Craignant le pire, Elsie avait à peine pris le temps de mettre une cape de lainage sur ses épaules avant de dévaler en trombe le large escalier de pierre. Maître Sin'Chin' était son professeur favori, le seul qui ne se formalisait pas de ses nombreuses frasques.

La première chose qui frappa la jeune fille fut la température, parfaitement en harmonie avec son inquiétude: les nuages noirs qui masquaient le ciel menaçaient d'éclater en orage. Ensuite seulement elle remarqua les silhouettes sombres encapuchonnées, debout au fond du parc. Elles se tenaient autour du banc de maître Sin'Chin', qu'Elsie ne voyait pas. La jeune fille s'élança sur la pelouse, faisant crisser le gazon gelé sous ses pieds, et bouscula tout le monde. Elle retint un hoquet de surprise en apercevant le vieux professeur.

Au premier regard, maître Sin'Chin' ne paraissait pas mal en point. Elsie faillit se retourner vers Pristella pour lui reprocher de l'avoir inquiétée pour rien, mais quelques anomalies retinrent son attention. Son professeur ne disait rien. Normalement, il racontait toujours quelque chose aux gens qui venaient le voir. Même quand il était seul sous les arbres du parc, il chantonnait de vieilles ballades orientales en se berçant d'avant en arrière. Ce matin, silencieux et immobile, il ressemblait à une statue de lui-même.

Regardant mieux, Elsie remarqua aussi qu'il n'était pas tout à fait présent: le tronc rugueux du sapin près de la clôture transparaissait à travers le corps de maître Sin'Chin'. Lorsqu'elle bougeait, la jeune fille voyait le parc défiler *dans* lui en surimpression, comme si son manteau rouge n'avait été qu'un voile translucide. Incrédule, Elsie tendit le bras pour toucher son professeur et se convaincre qu'il se trouvait bien devant elle, qu'elle n'était pas encore bêtement en train de rêver. Mais une force invisible arrêta ses doigts à quelques millimètres de son maître. Elle étouffa une exclamation.

— Il est très malade, ma pauvre enfant, lui chuchota quelqu'un dans l'oreille.

Le professeur Gerbert posa sa main sur son épaule en lui disant cela, pour la réconforter. Mais Elsie s'éloigna de lui et se laissa tomber aux pieds de Sin'Chin'. Malade? Aucun des curieux rassemblés n'avait dû oser toucher le maître, sinon ils auraient aussi remarqué l'enveloppe invisible qui l'immobilisait. Elle suivit le corps du vieil oriental du bout des doigts; la surface ployait sous la pression et était texturée, comme un filet très fin dont les trous n'étaient pas assez larges pour laisser pénétrer les doigts. Quand elle colla son nez contre le manteau de lainage, elle distingua le réseau de fils argentés qui entourait maître Sin' Chin'.

— C'est de la magie! s'exclama Elsie.

Un murmure horrifié monta du groupe de curieux et les silhouettes noires reculèrent davantage. Il fallait être plutôt téméraire pour affirmer une telle chose au milieu d'une école dirigée par des religieux. Du coup, on aurait pu accuser la jeune fille d'hérésie et lui intenter un procès pour sorcellerie! Et brûler maître Sin'Chin' dans le même mouvement, pour éloigner les Sept Démons de l'École...

— Je veux dire... Ça semble tellement démoniaque, cette immobilité! se reprit Elsie.

— Aucun de nous ne sait ce qui l'afflige, soupira maître Gerbert en s'approchant à nouveau.

— Je suis sûre que la science saura résoudre cette énigme. Les Énochicains ont fait de tels progrès...

Elsie mentait, bien sûr. La médecine et les sciences nouvelles la laissaient sceptique — sans doute parce que son professeur préféré n'y croyait pas et l'influençait en ce sens. À son avis, s'il fallait chercher des démons quelque part, c'était bien du côté de ces hommes qui disséquaient des bêtes... Mais l'École suivait les courants de l'époque et maître Gerbert, davantage encore que tous les autres, louait bien haut l'Ordre des Énochicains. La jeune fille avait toutefois sagement réussi à se tirer d'embarras et à calmer les soupçons. À son grand désarroi cependant, la certitude que le phénomène paralysant maître Sin'Chin' était dû à la magie ne la quittait pas. Qui aurait pu vouloir du mal au vieil homme? La question préoccupait Elsie. Son professeur n'avait jamais rien fait d'autre qu'aider ceux qu'il croisait...

— Qui l'a emprisonné? murmura-t-elle.

— Je voudrais te parler, Elsie, intervint une voix chevrotante.

Elsie leva la tête et vit le directeur de l'École arriver en boitant, lourdement appuyé sur sa canne. Son long manteau noir traînait au sol et il manquait de marcher dessus à chaque pas qu'il faisait. Une capine de laine protégeait son crâne chauve et sa barbe blanche formait une sorte pic, dressé au bout de son menton. Il avait presque l'air aussi vieux que maître Sin'Chin'. La jeune fille n'eut pas le temps de lui répondre quoi que ce soit, le directeur lui tendit la main et Elsie se releva. Après un dernier regard vers maître Sin'Chin', elle marcha à ses côtés jusqu'à l'École et le suivit dans son bureau.

Les étudiants entraient rarement chez le directeur. Lorsque cela se produisait, c'était une garantie de punition ou même d'expulsion. Elsie, pour sa part, y venait pour la première fois; aucun de ses professeurs n'avait jugé que ses bêtises en valaient la peine. Peut-être que si Sin'Chin' avait découvert l'emprunt de son gros livre sur la magie... Mais dans l'état où le maître se trouvait maintenant, Elsie ne risquait pas qu'il lui fasse la leçon sur les dangers de la curiosité.

Ce n'est qu'une fois dans son bureau que le directeur tendit la main vers le front d'Elsie pour effacer les dernières traces de craie verte. La jeune fille rougit violemment, s'imaginant déjà condamnée au bûcher malgré sa jeunesse. Mais l'École n'était pas un des hauts lieux de la lutte contre l'hérésie, quoi que semblait en penser la grande Bronya. Le col de la Forge, où elle avait été bâtie, se trouvait trop loin des villes et le climat y était trop rude pour que les Inquisiteurs viennent y prêcher. Aussi, ce que l'Église approuvait ou réprouvait avait moins de poids ici qu'ailleurs. On craignait les démons et on faisait son possible pour les éloigner de soi, sans chercher à les trouver partout. En fouillant un peu dans le repaire caché de son professeur préféré, Elsie avait pu découvrir que la magie intriguait Sin'Chin'. Aujourd'hui, elle apprit en outre que le directeur de l'école partageait, au moins en partie, l'ouverture d'esprit de son ami.

Le vieil homme ne dit rien pendant un long moment. Il prit place dans son fauteuil, devant la grande fenêtre en ogive donnant sur le parc, et resta muet quelques minutes. Elsie, mal à l'aise, se tortillait les doigts en attendant une réprimande qui, osait-elle espérer, ne viendrait peut-être pas.

— C'est une catastrophe, soupira-t-il finalement.

Pristella avait prononcé les mêmes mots. Ce n'était pas ce qu'Elsie voulait entendre. Elle avait cru que le directeur, au moins, aurait des solutions à proposer. Au contraire, il paraissait aussi abattu et impuissant que les autres face à ce malheur qui frappait son plus ancien ami.

— Sans Sin'Chin', l'École ne sera plus jamais la même.

— Comment ça? Vous n'avez pas l'intention de le délivrer? protesta Elsie.

— Chère enfant! Nous avons affaire à de la sorcellerie. Grâce à la craie sur ton front, tu as vu ce qui retient Sin'Chin' prisonnier. Mais comment contrecarrer le sort? Comment trouver quel démon en est responsable? Comment savoir qui, quel être humain, a lancé cette calamité sur la tête de mon vieil ami? Tu l'as vu, les gens ici voudront se débarrasser de lui dès qu'il deviendra évident que la science ne peut rien faire et que ce qui l'affecte est... occulte. Et si cette histoire prend trop d'ampleur, le Haut-Siège d'Orpierre nous enverra un bataillon d'Inquisiteurs!

C'était une réponse qu'Elsie n'était pas prête à accepter. À son avis, ne rien tenter équivalait à de la lâcheté. Si tous les autres membres de l'École voulaient baisser les bras, qu'ils le fassent. Elle au moins n'abandonnerait pas Sin'Chin' à son sort. Surtout si la sorcellerie — en laquelle elle était bien forcée de croire, à présent que même le directeur y prêtait foi — était en cause!

— Non, il faut se rendre à l'évidence: mieux vaut faire disparaître le corps de Sin' Chin' avant que des Énochicains trop fouineux ne viennent ici étudier son cas.

— Quelle horreur! s'exclama Elsie. Il faut trouver le responsable. Moi, je le peux! Il faut juste me donner un peu de temps...

Le directeur de l'École haussa les épaules et se leva. L'air pensif, il s'appuya contre le dormant de la fenêtre et contempla le parc. En s'avançant un peu, Elsie put aussi voir ce qui se passait dehors. Tous les curieux étaient rentrés, laissant le pauvre maître seul sur son banc. Le vent agitait les branches piquantes des sapins, au dessus de lui, et couchait les brins d'herbe. Mais le manteau de Sin'Chin' demeurait immobile. Ce fut peut-être ce spectacle désolant qui vainquit les réticences du vieil homme.

— Le quatrième Précepte commande qu'*en toutes choses, tu suivras la voie de la Vérité et de la Justice*. À mon avis, Sin'Chin' est aujourd'hui victime d'une justice divine... détournée. Il n'avait qu'à rester loin de la magie et de la sorcellerie. Mais peut-être aussi est-ce la volonté des grandes puissances divines que tu trouves le moyen de le délivrer. Ce sera toute seule, dans ce cas, car je ne peux me compromettre dans une telle affaire. Je refuse de mettre en péril toute l'École.

Elsie bomba le torse, flattée qu'une telle responsabilité lui soit échue, malgré sa jeunesse. Elle n'avait pas la moindre idée de la façon dont elle s'y prendrait, mais elle était prête à fouiller l'École au complet — et même les montagnes environnantes, s'il le fallait — pour délivrer maître Sin'Chin' de sa prison. Elle lui devait bien cela: lui seul fermait systématiquement les yeux sur ses bêtises!

7

Un autre rêve

Quand le couvre-feu sonna, Elsie n'avait rien découvert de neuf à propos de l'étrange paralysie de Sin'Chin'. Le contraire aurait été surprenant: c'était soldious, jour du soleil et jour de corvée pour les filles de l'École. La matinée se déroulait comme le reste de la semaine, occupée par les trois cours habituels, mais tout l'après-midi servait à faire le ménage des salles de classe, des chambres et du réfectoire. Par chance, les religieuses préféraient s'occuper elles-mêmes des cuisines et de la chapelle!

Elsie avait donc été réquisitionnée dès sa sortie du bureau du directeur pour laver les planchers des corridors. Une grosse brosse de crin à la main, à quatre pattes dans l'eau savonneuse répandue sur le dallage, la jeune fille avait frotté jusqu'à en avoir les paumes douloureuses. À ses côtés, elle pouvait entendre Bronya grommeler qu'une fois mariée, elle ne toucherait plus jamais une brosse de sa vie. Les nonnes qui supervisaient le travail n'empêchaient pas les filles de parler; certaines jacassaient sans arrêt d'un peu n'importe quoi, mais Elsie et Bronya avaient découvert les plaisirs du bougonnement en même temps que les corvées.

Le repas du soir, qui marquait l'aboutissement de la corvée, fut englouti à la vitesse de l'éclair et les prières du soir furent récitées sur un ton monotone, sans ferveur. Les filles étaient toutes exténuées. Dans cet enchaînement d'activités obligatoires, Elsie ne trouva pas une minute pour interroger les professeurs ou les nonnes sur le mystère qui l'intéressait. Elle ne réussit pas non plus à s'éclipser afin de retourner dans le salon secret de maître Sin'Chin'. Et, bien qu'elle eût la ferme intention de tenter une deuxième escapade nocturne, la fatigue eut raison de sa volonté: elle s'endormit dès qu'elle posa la tête sur l'oreiller.

Cette nuit-là encore, elle rêva à des paysages exotiques, hauts en couleurs et pleins d'odeurs ennivrantes. Et comme la dernière fois, les images cessèrent vite de défiler cahotiquement pour s'organiser en une scène précise.

Un homme allait à cheval, seul. Il devait avoir une quarantaine d'années, mais son corps élancé paraissait encore en excellente santé. Son visage rasé de près se hâlait d'une belle teinte café au lait et ses cheveux courts, d'un noir d'ébène, étaient aussi raides que les poils de sa monture. Le visage du cavalier portait les rides qui viennent avec le rire et non avec les soucis. Il devait être noble, désœuvré, et il s'offrait une promenade sur un sentier bien connu, humant avec plaisir l'air salin de la mer. Du haut de la falaise crayeuse, il pouvait entendre le fracas des vagues et suivre les voiles des navires qui mettaient le cap sur les îles du sud. Elsie contemplait cela, elle aussi, et s'inquiétait de voir cet homme aussi insouciant tandis qu'au-dessus de lui, de lourds nuages noirs menaçaient. Rapidement, la lueur du jour diminua de moitié et, enfin, le cavalier parut comprendre que l'orage approchait.

Ce fut le moment que choisirent les hommes masqués pour l'attaquer. Ils s'étaient tenus cachés en-dessous du niveau du sentier, accrochés à la falaise, attendant le passage de l'homme basanné pour grimper jusqu'à lui et l'encercler. D'autres s'étaient tapis dans les buissons, du côté des terres, tenant des loups admirablement bien dressés par leurs colliers de métal. Ils lâchèrent les bêtes sur le cavalier et, de surprise, son cheval se cabra. L'animal devint vite fou de terreur quand les loups commencèrent à lui sauter à la gorge. Les inconnus masqués encourageaient de leurs cris les bêtes carnassières. Le pauvre promeneur avait beau manier son coutelas avec dextérité, il échouerait vite à se défendre tout en maîtrisant sa monture.

Des jambes écorchées du cavalier et des flancs lacérés de son cheval s'écoulait un abondant saignement qui excitait la frénésie meurtrière des loups. Le dénouement de l'embuscade ne faisait aucun doute aux yeux de la rêveuse. Seul contre tant d'assaillants, le noble n'avait aucune chance de s'en tirer. Quand la pluie commença en plus à tomber à torrents, Elsie crut que le cavalier insouciant succomberait en moins de quelques minutes. Elle souhaita fermer les yeux sur la scène sanglante qui se déroulait devant elle, mais cela ne lui était pas possible. Et pour se réveiller de ce cauchemar, il ne suffisait pas de le vouloir.

La situation se renversa rapidement: le tonnerre et les éclairs inquiétèrent les bêtes, qui répondirent avec de moins en moins d'ardeur aux cris de leurs maîtres masqués. La pluie lavait l'odeur du sang, plusieurs loups hésitaient maintenant à attaquer un homme armé. Le cheval roulait toujours des yeux fous, essayant de se cabrer pour échapper à la main ferme de son cavalier, mais celui-ci parvint à en regagner la maîtrise. Aussitôt, avant que ses ennemis ne comprennent que l'embuscade avait échoué, il lança son coutelas dans la poitrine d'un des hommes masqués et le renversa d'un coup de botte. Le cercle qui l'emprisonnait comportait maintenant une brèche, il y dirigea sa monture et la poussa au grand galop, piquant à travers les terres cultivées.

Tandis que le paysage pâlissait au regard d'Elsie, les hommes masqués rappelèrent leurs loups et se mirent à descendre la falaise vers la mer, abandonnant le corps de leur complice. Doucement, la pluie disparut pour être remplacée par de grands rideaux beiges, ondoyant dans le vent nocturne. Une fenêtre, par laquelle on apercevait la blancheur des glaciers tout proches, avait été laissée ouverte. Quelques flocons s'infiltraient dans la pièce, où brillait une chandelle.

Tout à coup, les rideaux furent emportés dans un tourbillon violent et un oiseau de proie immense s'engouffra par la fenêtre. Il se posa sur la table, près de la chandelle, et grava dans le bois avec son bec un dessin qui ressemblait à un éclair. Avant même de voir ses plumes virer au vert, Elsie comprit ce qui se passait:

le dessin, c'était un sigille magique, et cet oiseau, c'était le même qu'elle avait déjà vu en rêve. Celui dont elle avait entendu le rire. Comme elle l'avait prévu, l'oiseau se métamorphosa pour reprendre forme humaine. Et cette fois, la jeune fille vit le visage de l'homme.

Elle aurait préféré ne pas le voir, car ce n'était pas un visage humain. On ne distinguait de ses traits que les yeux, d'un bleu presque transparent, et ses lèvres minces. Des poils frisés, d'un brun roux qui rappelait la teinte des plumes de l'oiseau, camouflaient le reste de son visage. Comme si sa chevelure avait poussé tout le tour de sa tête. La métamorphose venait de laisser le sorcier nu — mais nu, il ne l'était pas vraiment puisque les poils épais couvraient également le reste de son corps. Il ne lui restait pas un centimètre de peau glabre. Le sorcier ressemblait d'avantage à une bête qu'à un homme.

Certainement, songea Elsie avec dégoût, *sa mère a fait commerce avec les Sept Démons pour mettre au monde un tel monstre! Pas étonnant qu'il pratique la sorcellerie...*

L'homme-loup — car, maintenant qu'Elsie avait vu son visage, elle ne pouvait le surnommer autrement — promena longuement son regard sur la pièce où il venait d'atterrir. Avec un choc, la rêveuse comprit que la scène se déroulait tout près d'elle, dans l'École. Scrutant les détails que la lueur de la chandelle lui permettait de distinguer, elle devina en plus qu'il s'agissait de la chambre à coucher de maître Sin'Chin'. Dans un coin, pendue à un crochet, elle reconnut la robe de satin brillant qu'il avait rapportée de sa ville natale, en Orient. Il ne la mettait pas souvent, mais parfois, pour donner ses cours, il aimait étonner les filles avec ce vêtement exotique...

L'homme-loup vit aussi la robe et la fouilla en premier, cherchant peut-être une poche. Déçu, il ouvrit l'armoire placée près de la fenêtre et en vida le contenu sur la table. Chaque pièce de vêtement, chaque livre fut examiné minutieusement. Mais à mesure qu'il poursuivait ses recherches sans trouver ce qui l'intéressait, son impatience enflait. À la fin, il entra dans une colère démentielle et ravagea la petite pièce, allant jusqu'à éventrer le lit et son oreiller. Alors seulement il reprit sa forme de rapace et s'envola dans la nuit. Dehors, il avait cessé de neiger. Mais à l'intérieur, les plumes du matelas flottaient dans le vent qui pénétrait par la fenêtre, se déposant sur les traces du saccage.

Les images du rêve pâlirent à nouveau, transportant Elsie à l'extérieur. La masse sombre de l'École se découpait contre les glaciers.

Un instant, la jeune fille crut qu'elle suivrait l'itinéraire de l'oiseau de proie et qu'elle découvrirait ainsi sa cachette. Mais ce n'était pas ce que le rêve magique avait choisi de lui montrer. Les grincements d'une charette orientèrent son regard et elle découvrit deux religieux, dodelinant de la tête tellement ils avaient sommeil, qui suivaient le chemin menant à la grande porte de l'abbaye. Alors seulement Elsie put se réveiller.

* * *

Tous les juvedious, les filles et les garçons de l'École jouissaient d'une journée de congé. Ceux et celles qui possédaient une belle voix se joignaient à la chorale de l'abbaye pour l'office du matin, tandis que les autres se consacraient à la prière, dans leur chambre ou à la chapelle. Certains avaient la chance de recevoir la visite de leur famille. Dans ces cas-là, ils pouvaient se livrer à l'activité de leur choix, accompagnés des adultes, ou encore se promener aux abords de l'École et profiter du grand air.

Cette semaine, le frère aîné de Bronya était venu lui rendre visite pour son anniversaire. Il n'habitait qu'à une journée de voyage, à la frontière entre l'Evres et la Jaussière, mais, gravement handicapé par une blessure de guerre, il se déplaçait rarement pour rencontrer sa sœur. Cette fois, cependant, puisque l'étudiante atteignait ses quinze ans, il voulait sûrement l'entretenir d'un prétendant fortuné et de son futur mariage...

Elsie regarda son amie marcher dans le parc avec son frère, leurs pas laissant des traces sombres dans la neige fraîchement tombée, et sentit une pointe d'envie lui aiguillonner le cœur. Elle se remémora le Septième Précepte, qui condamnait ce vilain sentiment, et se détourna de la fenêtre. Sa chambre lui paraissait soudain bien minuscule et ses belles fioles patiemment collectionnées, vides de tout attrait. Même le gros livre sur la magie ne l'intéressait plus. Elle se coucha sur son lit et contempla le plafond en soupirant.

Rapidement, ses pensées la ramenèrent à son deuxième rêve magique. La première fois, elle s'était mise de la craie sur le front; il avait donc été normal qu'elle expérimente quelque chose de particulier. Mais la nuit passée, elle s'était simplement endormie, comme toutes les autres les nuits. Elle avait été si fatiguée qu'elle n'avait même pas repensé à la craie verte, cachée avec le livre sous son matelas. Le seul fait de planifier une escapade nocturne jusqu'au salon secret de maître Sin'Chin', à qui le livre et la craie avaient appartenu, avait-il suffi à déclencher un rêve magique?

Mais alors, songea Elsie avec un frisson de terreur, *comment pourrai-je faire cesser ces rêves bizarres*?

Ce matin-là, la jeune fille s'était réveillée un peu plus tard que la veille, après un rêve plus précis que le précédent. Si cela se poursuivait ainsi, un jour elle ne saurait plus différencier le rêve de la réalité. Peut-être qu'elle dormirait pour toujours... La peur l'envahit et elle décida d'aller chercher conseil auprès du directeur de l'École. Lui seul pourrait l'aider à se sortir du pétrin quand elle lui avouerait tout.

Lorsqu'elle arriva devant la porte de son bureau, cependant, elle la trouva fermée à clef. La voyant frapper plusieurs fois sans obtenir de réponse, un professeur qu'Elsie ne connaissait pas s'arrêta près d'elle. Gentiment, il s'offrit à l'aider. La jeune fille refusa, inventa n'importe quelle situation qui nécéssitait la présence du directeur, et lui demanda où il se trouvait.

— Il doit être encore dans la chambre de maître Sin'Chin', soupira le professeur avec un air peiné.

Il ne prit pas la peine d'expliquer à l'étudiante ce que le directeur faisait là, ni ce que cela avait de si triste. Il s'éloigna vers l'aile des garçons, hochant la tête et plongé dans ses réflexions. Elsie savait bien qu'elle aurait dû laisser un message, épinglé à la porte, et s'en retourner à sa chambre. Le directeur aurait envoyé quelqu'un la chercher dès qu'il aurait eu un instant à lui consacrer. Mais qu'il se trouve dans la chambre de Sin'Chin', alors qu'elle avait visité cet endroit en rêve, cette nuit, la poussa à grimper le large escalier central.

Maître Gerbert l'intercepta au deuxième étage. S'efforçant de paraître sévère, il s'enquit de ce qui justifiait sa présence chez les professeurs. Elsie lui apprit qu'elle venait rejoindre le directeur de l'École, tournant habilement sa phrase de façon à lui laisser croire que ce dernier l'avait fait demander. Satisfait, maître Gerbert la laissa passer. Toute souriante, la jeune fille savoura le plaisir de la ruse et flâna jusqu'à la chambre de Sin'Chin', prenant le temps de détailler les corridors où elle s'était auparavant glissée comme un voleur, en pleine nuit et à toute vitesse.

Le directeur ne parut pas surpris de voir Elsie arriver au beau milieu du fouillis qui régnait dans la chambre de son ami. Il ne la salua même pas. Assis à la table, il regardait autour de lui avec un air absent. Machinalement, son doigt suivait le tracé de l'éclair gravé dans le bois. Le vieil homme paraissait vraiment en était de choc.

S'approchant de la table pour mieux discerner la gravure, Elsie sentit un frisson glacé lui courir dans le dos. Dans son rêve, elle avait tout contemplé d'un point situé quelque part au-dessus de la porte. Revoir les mêmes lieux, dans le même état lamentable, alors qu'elle était bien réveillée, avait quelque chose d'effrayant.

— Alors, c'est vrai, murmura-t-elle d'une voix blanche.

Le directeur sortit enfin de sa torpeur et la considéra avec intérêt.

— Que veux-tu dire?

— Je fais de drôles de rêves, depuis deux jours, expliqua lentement Elsie. Depuis que...

Elle hésita. C'était plus facile de décider, dans un instant de panique, de confier son secret que de le faire effectivement le moment venu. Même si le directeur n'avait pas semblé réprouver son usage de la craie verte, ce matin où ils avaient découvert Sin'Chin' dans le parc, rien ne prouvait qu'il n'avait pas changé d'idée. Peut-être avait-il d'abord cru que l'expérience de la jeune fille avait échoué et que cela ne portait pas à conséquence.

— Depuis que tu as joué avec une craie verte, termina à sa place le directeur.

— Non, mentit Elsie, renonçant finalement à se confier. Depuis ce qui est arrivé à maître Sin'Chin', je fais des cauchemars où toute l'École subit le même sort.

Le mensonge coula facilement entre les lèvres d'Elsie sans que son expression ne la trahisse. Elle avait l'habitude. Ce soir, elle réciterait trois Ave Firminian de plus, en guise de pénitence — comme elle le faisait chaque fois qu'elle devait mentir pour se sortir du pétrin.

— Et on dirait que le Mal est effectivement en train de s'abattre sur nous, termina-t-elle en désignant le saccage.

Pour faire bonne mesure, la fillette se signa, l'air peureux, et observa le directeur à travers ses cils baissés. Le vieil homme hocha la tête et planta ses yeux dans ceux d'Elsie. Celle-ci se sentit toute petite devant lui et sut qu'il n'était nullement dupe de son histoire. Penaude, elle s'absorba dans la contemplation du pied de la table.

— Le Mal. Certes, les événements sont inquiétants... Au fait, as-tu découvert quoi que ce soit jusqu'à maintenant qui aiderait Sin' Chin'?

Le regard scrutateur du directeur se fit ironique, l'espace d'un instant, et Elsie se renfrogna. Elle qui s'était sentie tellement fière d'être chargée d'une mission importante et, surtout, secrète! Voilà qu'elle comprenait combien le directeur se moquait d'elle. Il ne la prenait pas au sérieux. Du coup, la jeune fille décida qu'elle ne lui confierait jamais rien de ses rêves et qu'elle se débrouillerait sans lui pour maîtriser la magie de la craie verte. Elle se cantonna dans un silence buté.

— Évidemment, avec les connaissances que Sin'Chin' t'a transmises au sujet de la craie verte et de la magie, tu possèdes de bons outils pour faire avancer ton enquête...

Ce n'était pas une question, mais le directeur aurait certainement apprécié qu'Elsie réponde. Il allait à la pêche.

— Mais, à ta place, je serais circonspecte, susurra le directeur sur le ton qu'il employait pour prononcer ses sermons. Mon vieil ami a, je le crains, mis ton âme en péril. Tu devrais me rendre la craie qu'il t'a donnée et ne plus jouer avec la magie.

— Vous croyez vraiment que j'y ai retouché? fit prudemment Elsie.

Le directeur se gratta la barbiche, se demandant visiblement qu'est-ce que l'étudiante lui cachait, mais il n'insista pas.

— Tu es sûrement assez sage pour attendre que ton maître se rétablisse et te guide à nouveau. C'est bien. Mais je serais plus tranquille si tu me donnais la craie verte. Je la garderai en attendant que mon vieil ami se porte mieux.

Elsie aimait de moins en moins l'attitude du vieil homme. Ses yeux brillaient plus que d'habitude et cet éclat ressemblait fort à de la convoitise. S'il voulait lui prendre la craie, c'était certainement pour expérimenter les sigilles de pouvoir. Par chance, la fillette ne lui avait pas dévoilé l'existence du livre de Sin'Chin' sur la magie. Il le lui aurait confisqué sans délai!

Elsie ne se trouvait toutefois pas dans une position pour refuser quoi que ce soit au directeur: il pourrait la dénoncer comme apprentie sorcière pour se débarrasser d'elle.

— Soyez sans crainte pour mon âme: maître Sin'Chin' ne m'avait confié qu'un petit bout de craie... Et j'ai marché dessus par inadvertance. Il n'en reste que de la poudre! expliqua-t-elle avec son sourire le plus candide.

Le directeur parut déçu et Elsie s'empressa de lui fausser compagnie. Il se faisait tard, l'heure du dîner sonnerait bientôt et elle n'avait pas encore commencé ses prières... Aucun religieux n'aurait osé la retenir loin de ses dévotions. Et après tous les mensonges qu'elle venait de servir au directeur, elle avait vraiment intérêt à s'y mettre au plus vite si elle voulait terminer les Ave Firminian avant le lendemain matin!

8

Une visite aux cuisines

Plutôt que de retourner directement dans l'aile des filles, Elsie bifurqua par le parc afin de visiter maître Sin'Chin'. Il ne se trouvait plus sur son banc, les autres professeurs l'avaient transporté dans l'ancienne cabane du jardinier pour le protéger des intempéries. Ils n'avaient pas osé le ramener à l'intérieur de l'École, bien sûr, et ils avaient mis un gros cadenas sur la porte. La jeune fille ne devait pas être la seule à se douter que la sorcellerie expliquait son étrange paralysie...

Elsie ne put donc s'agenouiller aux pieds de son professeur préféré, comme elle en avait eu l'intention, pour réfléchir. Elle avait espéré que la proximité du sage maître Sin'Chin' aurait su lui inspirer la conduite à suivre avec la magie. Elle dut se contenter de regarder à travers la fenêtre sale. Dans la pénombre, la silhouette encore enveloppée de sa cape rouge lui tournait le dos. Les professeurs superstitieux avaient vraiment pensé à tout! À nouveau, Elsie se jura de solutionner le mystère qui retenait le vieil homme prisonnier et, frissonnante, elle rentra dans l'École.

Les cloches du dîner sonnèrent avant que l'étudiante n'arrive à sa chambre. Elle hésita, n'ayant ni très faim ni, surtout, très envie de croiser Bronya et son frère au réfectoire. Elle choisit donc de se rendre aux cuisines et, là, de donner un coup de main pour le récurage des plats, en échange d'un coin de table paisible pour manger. Elle y resterait peut-être même tout l'après-midi, si les nonnes finissaient par oublier sa présence. Les Ave Firminian attendraient bien un ou deux jours...

Elsie connaissait bien les cuisines et les religieuses qui y besognaient. C'était souvent ici qu'on l'envoyait en pénitence quand ses bêtises étaient découvertes; il y avait longtemps que les nonnes ne croyaient plus aux vertus de la prière pour raisonner la jeune fille. On lui faisait plutôt peler des patates pendant des jours ou entretenir le four à pain jusqu'à ce que la peau de ses joues lui semble aussi cuite que la pâte de blé. À la longue, les cuisines étaient devenues pour Elsie une sorte de refuge familier. Elle en poussa la porte sans hésiter.

— Encore ici? s'étonna une grosse nonne rousse qui ne travaillait pas aux cuisines depuis longtemps. Mais c'est juvedious, ils n'ont pas pu te mettre en pénitence aujourd'hui!

— Non, non, répondit Elsie en chapardant dans un panier une tresse de pain bien dorée. Avec les visiteurs, il y a un peu trop de monde au réfectoire. J'ai pensé venir vous donner un coup de main.

La nonne la considéra d'un œil soupçonneux. Elle connaissait à peine la jeune fille, mais suffisamment pour s'étonner de sa soudaine bonne volonté.

— Il n'y aurait pas, par hasard, un professeur qui te cherche en ce moment pour un travail à recommencer?

— Mais non! s'impatienta Elsie. Pourquoi ne croyez-vous pas que je viens simplement vous aider? Je n'ai rien brisé, je ne me cache pas, et je ne suis pas en train de mijoter un mauvais coup! Ça vous va?

— Si tu le dis! fit la religieuse, toujours sceptique. Commence par attraper un bol de ragoût, je te ferai laver des plats quand tu auras le ventre plein.

Les autres nonnes qui travaillaient à la cuisine ne s'objectèrent pas à ce qu'Elsie intercepte un bol destiné au réfectoire. Elles protestèrent seulement quand la jeune fille voulut s'asseoir près du feu, au fond, où l'on rôtissait à la broche un porc bien dodu. Elles lui ordonnèrent de s'enlever du chemin et d'aller manger ailleurs. Amusée malgré tout de leurs airs faussement indignés, Elsie quitta les cuisines surchauffées pour se réfugier dans la pièce adjacente. C'était la salle à dîner de l'abbaye, une vaste table en forme de T y occupait toute la place. Mais puisque les religieuses ne mangeaient pas aux mêmes heures que les gens de l'École, pour ne pas surcharger de travail les cuisines communes, l'endroit aurait dû être désert.

Ce n'était pas le cas. Dès qu'elle mit le pied dans la salle à dîner, Elsie reconnut les deux religieux qui s'y trouvaient. Le premier était vieux, ses cheveux en bataille avaient la blancheur des glaciers et son ventre le faisait ressembler à un tonneau. Il savourait, les yeux mi-clos, un bock de bière brune brassée à l'abbaye.

— Tu me croiras si tu veux, Terenze, fit le gros religieux avec un sourire béat, mais depuis le début de notre voyage, je salivais à l'idée de goûter cette bière à nouveau.

— Elle est effectivement excellente, répondit le dénommé Terenze.

Celui-là était bien plus jeune. Elsie estima qu'il ne devait même pas avoir vingt ans. Maigrichon dans sa soutane beige, ses longs cils lui donnant un air naïf, il grimaçait en buvant sa bière — que l'étudiante savait très amère, pour l'avoir goûtée en cachette — et essayait de le dissimuler à son compagnon. Ces deux-là, Elsie les avait vus en rêve la nuit même. Elle s'approcha d'eux et leur demanda la permission de s'asseoir pour dîner. Ils l'accueillirent avec de grands sourires et se présentèrent les premiers: Terenze et Illo, frères Aurélicains, en route pour le Haut-Siège d'Orpierre.

— Vous êtes donc des pèlerins, s'étonna Elsie après s'être nommée à son tour. Vous n'en avez pas l'air.

— Nous sommes plutôt en mission divine, envoyés par les Trois Anges de la Création, lui expliqua le frère Terenze.

Elsie hocha poliement la tête, attendant la suite. Il était clair que le religieux avait escompté lui faire tout un effet avec cette déclaration. Mais si la jeune fille connaissait par cœur tous les saints hommes du calendrier, elle ne savait pas grand-chose des anges. Elle devinait néanmoins qu'il ne s'agissait pas des bébés ailés peints sur certaines toiles aux côtés des saints hommes.

— Les Trois Anges, répéta patiemment le frère Terenze, comme si l'ignorance de l'étudiante lui était inexplicable. Le Bras, la Voix et l'Œil, qu'on appelle aussi le Cyclope... Les Trois Puissances qui ont présidé à la naissance de notre monde!

— On m'en a un peu parlé, à l'École, admit Elsie pour lui faire plaisir.

— C'est bien le problème, soupira le jeune religieux. De nos jours, on oublie les Anges. Nous allons instruire les barbares Nordiques dans la Vraie Foi, mais nous ignorons de plus en plus les fondements de notre propre religion.

— Est-ce de là que vous arrivez? De chez les Nordiques? s'enthousiasma la jeune étudiante, surtout pour changer de sujet. Racontez-moi à quoi cela ressemble!

Flattés d'un tel intérêt pour leur voyage, Illo et Terenze se relayèrent pour expliquer à Elsie à quoi ressemblait la vie dans le nord. Comme le disait le vieux frère, ce n'était pas très différent de la vie dans les Aris... Sauf qu'on ne parlait pas la langue de ses voisins et qu'on craignait à tout moment de déclencher leur colère par une bévue.

— Mais ce n'est pas tellement plus dangereux qu'ici, dans les montagnes, quand on apprend enfin comment se comporter avec les Nordiques, conclut Illo entre deux gorgées de bière. On risque les mêmes engelûres à rester trop longtemps dehors.

— Même qu'ici, c'est pire, renchérit Terenze en songeant à la voyageuse découverte la veille. À tout moment, une avalanche peut vous emporter en pleine promenade!

À la mention des avalanches, Elsie sursauta. Une autre image surgie de ses rêves lui revint en mémoire. Vu que la chambre saccagée de Sin'Chin' et les deux Aurélicains dans leur charette se révélaient réels, la mort de Griselda dans l'avalanche devait l'être aussi. Le frère Illo s'empressa d'ailleurs de le lui confirmer, sans s'apercevoir de son trouble:

— Le frère Terenze ne connaît rien aux montagnes, lui expliqua-il en riant. Il craint les avalanches depuis hier matin, parce que nous avons récité une oraison mortuaire pour une pauvre voyageuse ensevelie dans la neige. Une bien triste histoire: la dépouille venait en plus d'être attaquée par un charognard. L'imprudente femme devait transporter de la viande fraîche dans ses bagages, l'odeur aura attiré les oiseaux...

Elsie était fort troublée. Le fait que tous ses rêves magiques dépeignent la réalité, elle l'acceptait sans trop de peine. Mais ce que lui disait le frère Illo signifiait aussi que l'homme-loup avait vraiment le pouvoir de déclencher des avalanches, en plus de la capacité à se transformer en oiseau. Car l'attaque déconcertante du charognard contre la messagère ne s'expliquait pas autrement: Elsie savait pertinemment que Griselda n'avait pas emporté de nourriture fraîche dans le col de Saint-Yorre-des-Monts. Elle avait quitté l'abbaye bien trop tôt pour prendre quoi que ce soit à la cuisine. Et ses réserves de viande séchée et de noix n'auraient pas dû attirer quelque bête que ce soit. Seul l'homme-loup, sous la forme d'oiseau qu'elle lui avait vu prendre dans son rêve, avait pu fouiller les bagages de la messagère, cherchant la lettre qu'elle transportait.

Tout coïncidait: Griselda morte, Sin'Chin' neutralisé et sa chambre fouillée de fond en comble... Le seul lien possible entre ces événements restait la lettre pour le pape Bienheureux. Et, à présent, seule Elsie savait où elle se cachait.

La jeune fille ignorait pourquoi l'homme-loup s'acharnait tant à retrouver une simple lettre, mais s'il y mettait tant d'énergie, elle devait être d'une importance capitale. À ce moment, Elsie décida de contrecarrer ses plans et d'acheminer coûte que coûte la lettre de la reine jusqu'à Orpierre. De cette manière, si elle ne réussissait jamais à libérer son professeur de sa prison magique, au moins elle le vengerait!

9

Les menaces du sorcier

Le fils de la sorcière Crezia se détourna du miroir ouvragé posé sur le dessus d'une petite table. Avisant une chaise élégamment recouverte de tissu ocre, il s'y assit lourdement et rapprocha de lui un petit tabouret qui lui servit de pouf. Une fois à son aise, il laissa son regard errer dans la pièce, appréciant le décor. La chambre était exiguë et parée avec simplicité. Cependant, les meubles étaient de belle facture et les tapisseries sur les murs, disposées avec goût. Même les longs rideaux de velours brodés paraissaient venir directement d'un palais ou de chez un archevêque.

Bien que d'une laideur à faire peur, à cause des poils qui lui mangeaient tout le visage, le fils de Crezia affectionnait les belles choses en esthète. Découvrir un souci de beauté et de confort, à la limite du luxe, chez son hôte —

d'apparence pourtant fort sobre — le mettait dans de bonnes dispositions à son égard. Il se ferait moins désagréable qu'il n'en avait d'abord eu l'intention.

— Le roi Marsal ne se distingue pas par une patience de saint homme, déclara-t-il en manière d'introduction. Si j'étais vous, je ne tarderais pas trop à prouver mon utilité.

Son hôte ne répondit rien. Pas très grand, complètement vêtu de noir, il affichait la sobriété des religieux ainsi que leur économie de paroles. Il tournait le dos au sorcier et se drapait dans les rideaux de la fenêtre comme dans une cape, contemplant sans paraître s'en lasser le paysage extérieur. Ainsi, il réussissait à cacher le dégoût que lui inspirait le fils de Crezia et que celui-ci n'aurait eu aucun mal à deviner dans ses yeux. Chaque fois qu'ils s'étaient rencontrés, le religieux avait évité de regarder l'homme au visage poilu. Cette sensiblerie amusait le sorcier, qui y était habitué. Il ne s'en formalisa pas plus que de son apparente indifférence; il savait que son hôte portait attention à la plus banale de ses phrases, essayant d'y découvrir une éventuelle menace cachée. Il sourit et tira sa dague, commençant nonchalamment à se nettoyer les ongles.

— Je regrette que mes paroles ressemblent de plus en plus à des menaces, poursuivit-il avec calme. Jusqu'à maintenant, je trouvais notre association très intéressante... À présent, je crains d'avoir eu foi en de vaines promesses. Je déteste être dupé!

Il leva la tête, contempla un moment le religieux, puis la chandelle de mauvaise qualité qui diminuait à vue d'œil. Il enchaîna sur un ton radouci:

— En fait, chaque jour qui passe amoindrit vos chances que le roi se montre vraiment généreux quand, enfin, il récupérera la lettre.

Encore une fois, seul le silence répondit au fils de Crezia. Le sourire de celui-ci s'élargit; il ne se laisserait pas démonter aussi facilement.

— Allons! fit-il sur le ton que l'on prend pour gronder un enfant. N'essayez pas de me faire croire que votre aide est désintéressée. Vous êtes comme nous tous, à la cour du roi: ambitieux, opportuniste... Et c'est très bien ainsi! Je n'ai pas grand respect pour la loyauté patriotique. Seuls les sots sont capables de se sacrifier sans être dédommagés pour leur peine.

L'homme en noir grommela finalement quelque chose qui ressemblait à «je ne suis pas sot». Il quitta la pièce d'un pas rageur, sous le vague prétexte qu'il avait besoin de prendre l'air. Pas un instant il n'avait fait face au sorcier. Celui-ci haussa les épaules et prit le temps de terminer sa manucure. À un moment, il leva le nez vers le plafond et contempla l'espace au-dessus de lui. Sourcils froncés, il paraissait chercher quelque chose de déplaisant.

— Encore cette maudite impression d'être épié, grogna-t-il.

Le fils de Crezia aimait se dire impassible dans n'importe quelle situation. Qu'on l'observe à son insu n'aurait donc pas dû l'embêter. Toutefois, quand il eut fini de jouer avec sa dague et qu'aucune raison ne le retint plus chez son hôte, l'inconfort le poussa à se lever. Il jeta un dernier coup d'œil au plafond et ouvrit la fenêtre. Avec la précision qui vient d'une longue habitude, il dessina rapidement le sigille de transformation qui lui donnait le corps d'un aigle et s'élança dans la nuit, abandonnant derrière lui ses vêtements, tombés en tas sur le sol. Il n'avait plus qu'une idée en tête: la faim torturait son estomac animal et l'envie le tenaillait de détruire quelque chose, pour se défouler. Cela ne lui était pas arrivé depuis plusieurs jours. Peut-être traquerait-il son hôte taciturne pour l'effrayer au milieu de sa promenade nocturne... En chemin, il dénicherait certainement une proie alléchante.

10

Après une nuit blanche

Pour la deuxième fois, le rêve d'Elsie lui montra la femme portant un collier de coquillages et d'osselets. Et cette fois, la jeune fille comprit qu'elle était sorcière. Son visage portait des traces sanguinolentes, peintes sur sa peau comme pour la nuit des morts païenne, et son regard paraissait halluciné. Un brasier brûlait devant elle. Tandis que la sorcière dansait autour en faisant de grands gestes des bras, elle jetait dans les flammes des branchages qui brûlaient en crépitant, dégageant une épaisse fumée. Bientôt, la femme se mit à psalmodier dans une langue étrangère et un homme joignit sa voix à la sienne. Elsie le reconnut: c'était l'homme riche paré de bijoux qu'elle avait vu, lors de son premier rêve magique, en compagnie de la sorcière. Cette nuit, il ne portait rien d'autre qu'un pagne et faisait les cent pas derrière elle.

Elsie regarda longuement l'étrange danse de la femme au collier, hypnotisée par ses mouvements saccadés. Mais celle-ci leva tout à coup les yeux vers le plafond et cessa de chanter. La rêveuse eut alors la nette impression que ses yeux bleus, aux prunelles démesurées, se plantaient dans les siens. Et elle devina que la sorcière la reconnaîtrait, à présent, chaque fois qu'elle la rencontrerait en rêve.

La jeune fille se réveilla avec l'envie de hurler. Il faisait encore nuit, le rêve magique s'était sûrement interrompu avant la fin tellement la terreur d'Elsie avait été grande. Bondissant de son lit, elle saisit son pichet d'eau et s'aspergea le visage, se frottant vigoureusement le front avec une serviette. En se couchant, elle n'avait rien dessiné avec la craie verte. Pas plus que la veille. Elle aurait dû dormir paisiblement. Mais l'évidence s'imposait de plus en plus à elle: trop curieuse, elle avait déclenché quelque chose de terriblement puissant en jouant avec la magie.

Elsie s'assit sur son lit et alluma une chandelle. La tenant fermement dans sa main droite, elle se mit à réciter toutes les prières qu'elle connaissait. Si elle venait à se rendormir, la cire brûlante sur sa peau la réveillerait; pas question de retourner dans le rêve magique pour se faire dévisager à nouveau par la sorcière!

＊

Quand le matin arriva enfin, Elsie fut la première à la chapelle. L'Abbesse lui ouvrit la porte et la fixa avec surprise. Elle était plutôt habituée à voir la place de l'étudiante vide qu'à découvrir la jeune fille attendant impatiemment le moment de la prière dans le corridor. Elle ne lui fit aucun commentaire, cependant, même quand elle la vit se prosterner devant une rangée de cierges peints et en allumer deux, marmonnant les mots d'usage pour la sauvegarde de son âme. Elle songea simplement que l'étudiante — dont elle ignorait d'ailleurs le nom — avait sans doute commis une bêtise très grave et qu'elle s'en repentait.

Pristella en déduisit la même chose lorsqu'elle vint s'agenouiller aux côtés de son amie, un moment plus tard. C'était bien le premier matin où elle voyait Elsie aussi absorbée dans ses prières, avant même que l'office ne débute! Quand elle la salua, la jeune fille soudainement si pieuse ne l'entendit pas. Pristella lui donna un coup de coude dans les côtes et Elsie sursauta, la découvrant avec surprise à ses côtés.

— Tu dors ou tu pries? demanda Pristella, soupçonneuse.

— Je prie, bien sûr...

Mais sa réponse manquait de conviction. Son amie la dévisagea, notant les poches sous ses yeux, son teint pâle et la fixité de son regard. Quand les autres filles de leur âge vinrent prendre leur place autour d'elles, Elsie ferma à nouveau les yeux, feignant de se recueillir. Puis pendant le sermon — pourtant passionnant — du vieux frère Aurélicain en visite à l'abbaye, elle ne cessa de dodeliner de la tête. Et finalement, quand Iseline lui chuchota quelque chose à l'oreille, la jeune fille ne répondit pas, contrairement à son habitude. Tous ces symptômes dénonçaient une nuit blanche; cela ne surprenait pas Pristella. Quand toutes les étudiantes sortirent enfin de la chapelle pour aller déjeuner, elle resta aux côtés de son amie.

— Tu t'es encore promenée chez les professeurs, cette nuit? la questionna-t-elle.

— Non, répondit Elsie dans un bâillement.

— Qu'as-tu fait, alors?

— Rien.

— Je ne te crois pas!

— Laisse-moi tranquille, Pristella.

Elsie accéléra le pas, espérant faire comprendre à son amie qu'elle n'avait pas envie de parler. Mais, pour Pristella, sa fureteuse d'amie avait *toujours* envie de parler. Surtout de ses bêtises nocturnes. Son mutisme de ce matin cachait donc forcément quelque chose.

— Ne te fais pas prier, Elsie, ça ne te ressemble pas, insista-t-elle. Raconte-moi! Je ne le dirai à aucune autre, si tu y tiens!

— Mais il n'y a rien à raconter, à la fin! explosa Elsie

Toutes les têtes se retournèrent dans sa direction. Confrontée à des centaines d'yeux curieux, la jeune fille se renfrogna et quitta le réfectoire, abandonnant son assiette encore pleine. Pristella, très intriguée, la regarda aller mais comprit enfin qu'il valait mieux ne pas la suivre.

Pendant le reste de la matinée, Elsie se présenta à ses cours et sa conduite y fut, pour une fois, irréprochable. Elle ignora les mimiques de ses compagnes, qui voulaient bavarder dès que la nonne leur tournait le dos, et réussit à se concentrer suffisamment pour rester éveillée. À la récréation, elle se réfugia à nouveau aux cuisines pour aider à la confection du pain; cela lui permit à la fois de garder les yeux ouverts et d'éviter ses amies. Au dîner, c'est encore là qu'elle s'éclipsa. Elle se contenta d'un bol de soupe et, quand la grande Bronya découvrit sa cachette, elle prétexta un malaise.

— J'ai eu mal au ventre toute la nuit, mentit Elsie sans regarder son aînée. Je n'ai pas tellement faim, c'est normal...

— Tu devrais sortir un peu, lui conseilla Bronya d'un ton sérieux, sans soupçonner le mensonge. Il neige et l'air est très doux; ça te fera du bien.

— Il me reste une bouteille d'absinthe, intervint l'une des nonnes de la cuisine. Un petit verre aidera ta digestion.

Elsie refusa poliment: on lui avait déjà servi de cette médecine et son estomac ne s'en était que plus mal porté. Elle ne goûterait plus à cet affreux alcool, à moins d'être au seuil de la mort! Elle opta plutôt pour la suggestion de Bronya et monta à sa chambre prendre sa cape, sous le regard compatissant de son amie.

Dans le parc, comme Bronya l'avait annoncé, une fine neige tombait depuis un bon moment. L'herbe disparaissait complètement sous son manteau blanc et une calotte recouvrait aussi le dessus de la fontaine. Le sol ne gardait plus l'empreinte des jeux de la récréation et, quand Elsie s'aventura jusqu'à l'ancienne cabane du jardinier, elle eut l'impression que personne n'avait marché là avant elle. Ses botillons s'enfonçaient dans la neige jusqu'aux chevilles.

Frissonnante, cherchant un endroit où la neige ne pourrait plus s'introduire jusqu'à sa peau, Elsie remarqua qu'on avait enlevé le cadenas de la cabane. Et qu'en plus, la porte en était légèrement entrouverte. La jeune fille pénétra dans la pénombre, joyeuse à l'idée qu'aujourd'hui, enfin, elle pourrait réfléchir aux côtés de son professeur paralysé.

Mais Sin'Chin' ne se trouvait plus dans la cabane. Le banc sur lequel les autres professeurs l'avaient installé gisait, renversé sur le sol. Quelqu'un de très pressé, manifestement, était venu voler le maître!... À moins, bien sûr, que celui-ci ne se soit réveillé sans en avertir personne. Mais alors, comment aurait-il réussi à sortir malgré le cadenas qui avait été mis sur la porte? À la fois inquiète et remplie d'espoir, Elsie courut jusqu'au bureau du directeur. Elle le trouva assis devant un bon feu.

— Maître Sin'Chin' a disparu! s'exclama la jeune fille, entrant sans frapper.

— Je sais, soupira le vieil homme, ignorant son impolitesse.

Il paraissait fatigué, nota Elsie, davantage qu'elle, même. Et plus que cela encore: les traits affaissés, des cernes sous les yeux, le regard vide et les épaules voûtées... Le directeur avait l'air abattu. Comme après une suite de catastrophes qui semblait ne jamais devoir s'arrêter. La disparition de Sin'Chin', ce devait être pour lui le comble!

— C'est... c'est une catastrophe! fit Elsie en hésitant, répétant sans y penser les paroles de Pristella.

— Une catastrophe? Ça oui! fit sombrement le directeur, les yeux fixés dans les flammes. Trois Énochicains sont arrivés, tôt ce matin. Ils ont déjà entendu parler du «cas» de Sin'Chin' et viennent l'étudier. Je suppose que maître Gerbert pourrait nous expliquer leur promptitude, lui qui admire tant leur œuvre...

Le silence pesa un moment sur le petit bureau, pendant qu'Elsie mesurait les conséquences d'une telle nouvelle. Dans quelques jours, quand aucune cause naturelle ne parviendrait à expliquer la maladie du vieux professeur, les Énochicains conclueraient à la sorcellerie et appelleraient les Inquisiteurs à la rescousse. L'École et l'abbaye seraient fermées jusqu'à ce que les lieux soient jugés à nouveau purs. On ouvrirait des procès et tous les étudiants verraient leur avenir compromis...

— On pourrait peut-être le leur voler? suggéra-t-elle.

— Voler le corps de Sin'Chin' aux Énochicains? Oh, c'est déjà fait. Dès que j'ai eu vent de leur arrivée, je l'ai caché en un lieu sûr... Dont je ne divulguerai l'emplacement à personne, pas même à toi! ajouta-t-il en voyant soudainement les yeux d'Elsie briller.

— Ah.

Le silence retomba, ponctué seulement par le crépitement du feu. Le directeur se leva péniblement de sa chaise pour lancer une poignée de feuilles séchées dans les flammes. Une odeur acre emplie la pièce et Elsie, se souvenant de son rêve, se mit à trembler.

— De la belladone, expliqua le directeur en remarquant son malaise. Pour mes rhumatismes.

Elsie ne répondit rien. Le directeur avait beau dire, brûler des herbes était une pratique courante de sorcellerie! L'étudiante le savait depuis cette nuit. Elle recula jusqu'à la porte, essayant de ne pas respirer la fumée.

— Tu sais que je ne pourrai pas tenir mon vieil ami caché bien longtemps, fit tout à coup le directeur en tournant la tête vers elle. J'estime qu'il vaudrait mieux se débarrasser de lui au plus vite.

— Encore quelques jours...

Elsie entrouvrit la porte, prête à s'enfuir.

— Pas plus! la prévint le vieil homme en fronçant les sourcils. Je me demande même pourquoi je prends de tels risques! D'ailleurs, parlant de risque, es-tu bien certaine que tu n'as plus touché à la magie? Il paraît que tu passes beaucoup de temps à la chapelle, priant pour la sauvegarde de ton âme.

— Divine miséricorde! Jamais je n'oserais toucher à la magie à nouveau!

Disant cela, Elsie jeta un regard sincèrement épouvanté au Directeur. Celui-ci ne s'en contenta pas.

— C'est déjà bien assez terrible que la sorcellerie se soit manifestée chez nous, gronda-t-il en se relevant de sa chaise, sans que tu n'aggraves les choses en jouant avec le savoir que t'a enseigné Sin'Chin'! Si les Inquisiteurs s'amènent par ici, nous *devons* pouvoir plaider l'ignorance en toute innocence! Je ne te laisserai pas gâcher tout ce que je m'efforce d'accomplir à l'École...

Le directeur n'était pas très grand. Mais debout à quelques centimètres d'Elsie, il la dominait de la tête et des épaules. Sa barbichette blanche tremblait de menaces contenues et son doigt décharné pointait le cœur de la jeune fille comme la lame d'un couteau effilé.

— Je sais tout ça! explosa-t-elle à voix haute. Et je n'y suis pour rien! La magie me harcèle sans que je fasse quoi que ce soit! Elle me montre le coupable — celui qui veut tuer tout le monde — et son complice, mais sans me donner le moyen d'agir!

Elle éclata finalement en sanglots sous le regard dérouté du directeur.

— Et je sais bien que je devrais fouiller l'École à la rechercher de cet homme pour sauver maître Sin'Chin', mais j'ai trop peur! pleurnicha-t-elle avant de se précipiter dans le corridor, en direction de la chapelle.

11

Une attaque nocturne

Elsie rêvait qu'elle se trouvait dans sa chambre. La nuit promettait d'être paisible, enfin, sans intervention de la magie pour lui montrer des visages inconnus. Elle rêvait qu'elle dormait profondément, roulée en boule sous sa couverture de laine, un cierge encore allumé de chaque côté de son lit. Son point de vue flottait au niveau du plafond, contemplant ses mèches blondes qui brillaient doucement dans l'éclat bleuté de la lune, répandues sur l'oreiller. Même sa collection de bouteilles et de fioles semblait baignée d'une lueur exceptionnelle. Comme si, finalement, la nuit ne devait pas être si ordinaire...

Cette image d'elle-même se fondit lentement dans un autre visage, celui de l'homme-loup. Il se tenait debout devant une grande fenêtre ouverte, contemplant la nuit. Près de lui, un religieux vêtu de noir restait dans l'ombre. Celui-ci se signa lorsque le sorcier se transforma en oiseau et sortit par la fenêtre. Il vola au ras des murs de l'École, pendant un long moment où le temps parut suspendu. Elsie contempla alors son curieux ballet: il s'arrêtait devant chaque fenêtre et là, le bec contre la vitre, il faisait du surplace. Le rapace scrutait l'intérieur. Le point de vue de la jeune rêveuse se fondit dans celui de l'oiseau et elle vit ce qu'il voyait: ses compagnes de classe, endormies dans leurs chambres...

L'oiseau stoppa enfin devant une fenêtre où brillait la lueur tremblotante de deux cierges. Elsie s'aperçut à nouveau dans son lit, plongée dans un sommeil troublé, et la terreur ressentie la veille face à la sorcière la submergea à nouveau. Cette fois, incapable de retenir ses cris, elle se réveilla en hurlant à pleins poumons et se précipita à la fenêtre minuscule. Devinant la suite, l'étudiante saisit le premier objet qui lui tomba sous la main: son pot de chambre. Elle le fracassa contre la petite tête de son assaillant à l'instant où l'homme-loup, sous sa forme de rapace, traversait la vitre dans un jaillissement de verre brisé.

Au même moment, la nonne de garde ouvrit la porte de la chambre, alertée par les cris d'Elsie, et bondit par-dessus le lit pour venir lui prêter main forte. Emporté par son élan, l'oiseau était tombé sur sa jeune victime et, même à moitié assommé, il se débattait furieusement. Quand la nonne le saisit par les ailes, il n'avait réussi qu'à lacérer le visage d'Elsie, pas à la blesser sérieusement. D'un solide coup de bec, il se libéra de la poigne qui le retenait dans la chambre et passa à nouveau à travers la vitre cassée.

Le cierge sacré qui aurait dû protéger le sommeil de la jeune fille s'était renversé pendant le bref combat et la flamme avait atteint les couvertures de laine. Le feu courait maintenant sur le lit et le peu d'eau que contenait le pichet d'Elsie ne suffit pas à l'éteindre. En dernier recours, la religieuse rabattit les couvertures en tas, qu'elle lança par la fenêtre béante. Un étage plus bas, la neige qui couvrait le sol empêcha le feu de se propager plus loin.

— Est-ce que ça va? demanda enfin la nonne de garde en examinant les plaies d'Elsie.

Celle-ci, trop hébétée pour pleurer, contempla le désordre de sa chambre sans répondre. Ensuite, elle leva la tête et remarqua que quelques filles s'étaient rassemblées pour voir ce qui se passait chez leur amie. Elles la dévisageaient, bouche bée, de l'autre côté de la porte restée ouverte.

— Je ne pense pas que je pourrai me rendormir un jour, murmura Elsie.

— Allons! Tu te remettras vite de cette peur! la gronda la nonne. Ce soir, tu termineras ta nuit dans la chapelle, si cela peut te rassurer.

— Mais j'avais essayé de me protéger! protesta faiblement l'étudiante en montrant les deux cierges inutiles.

— La lumière aura attiré l'oiseau, c'est tout. C'est bizarre, certes, mais cela ne risque pas de se produire à la chapelle.

Sans plus protester, Elsie se laissa entraîner jusqu'à la chapelle. Là, on la coucha sur un tas de couvertures, aux pieds d'une statue représentant saint Yvelin-le-Sonneur. Une part d'elle-même refusait de dormir et continuait de retourner l'attaque du rapace dans son esprit. Elle cherchait en vain à deviner qui, des religieux de l'École, pouvait l'avoir trahie. Le sorcier avait un complice, c'était certain. Quelqu'un pour lui ouvrir la fenêtre de Sin'Chin', par exemple, ou pour lui décrire la fillette qui cherchait à aider le vieux maître.

Seul le directeur savait qu'elle connaissait le sorcier grâce à ses rêves, mais il était impensable qu'il mette son École en danger en s'associant à un tel individu. Surtout pour nuire à son ami! Quelqu'un d'autre avait dû surprendre leur conversation. Quelqu'un comme maître Gerbert, peut-être? Il l'avait entendue parler de sorcellerie, dans le parc, et il avait peut-être remarqué les traces de craie sur son front. D'ailleurs, ce matin où elle avait rejoint le directeur dans la chambre saccagée de Sin'Chin', c'était Gerbert qu'elle avait croisé en haut des escaliers. Il n'avait pas paru tellement surpris de la voir là...

À moins que le complice ne se trouve plutôt chez les religieuses. Le rêve magique avait montré une silhouette noire qu'Elsie avait prise pour un homme. Mais elle avait pu se tromper. La nonne de garde, cette nuit, était intervenue très vite. Et elle ne s'était pas étonnée qu'un oiseau attaque une étudiante en pleine nuit, dans sa chambre...

Non, tout ça, c'est de la paranoïa, se raisonna Elsie. *Gerbert est trop vertueux pour faire commerce avec un sorcier et la nonne n'aurait pu se glisser facilement jusqu'à la chambre de Sin'Chin'. Elle n'aurait pas, non plus, pris la peine de me sauver la vie, ce soir...*

Il y avait tout de même quelqu'un, dans l'École, complice de l'homme-loup. La rêveuse ne l'avait vu que de dos, mais lui la connaissait. Assez, en tous cas, pour penser qu'elle représentait une menace sérieuse, malgré sa jeunesse. La peur tourmentait Elsie, mais bientôt, la fatigue eut raison d'elle; elle dormit enfin, pour faire des cauchemars qui ne devaient rien à la magie.

***

Le surlendemain, bien après les matines, l'Abbesse elle-même vint à la chapelle rencontrer la jeune fille si malchanceuse qu'un oiseau s'était attaqué à elle à l'intérieur de l'École. Son abracadabrante histoire courait dans toute l'abbaye depuis deux jours.

Encore belle sous son voile malgré ses quarante ans passés, l'Abbesse du col de la Forge s'était gagné une réputation de sévérité auprès des étudiantes. Cette réputation puisait davantage dans son apparence que dans ses actes, puisque la religieuse n'intervenait jamais dans les affaires de l'École; elle laissait cette responsabilité au directeur et aux professeurs, qu'elle respectait énormément. Même les cours matinaux, dispensés par les nonnes sous sa gouverne, ne la concernaient en rien. Ses journées se trouvaient bien assez remplies avec la gestion de l'abbaye. Sa rencontre avec Elsie, qu'elle ne connaissait que de vue, avait donc quelque chose d'extraordinaire.

L'étudiante se tenait toujours prosternée devant les cierges peints, absorbée dans une prière muette qui durait depuis une journée et demie. Le matin suivant sa mésaventure, elle avait refusé de quitter la chapelle, jurant que l'oiseau l'attaquerait n'importe où ailleurs. Rien n'avait pu la convaincre d'assister à ses cours, pas même les menaces des religieuses, et on avait fini par en appeler à l'autorité de l'Abbesse. Celle-ci vint s'agenouiller à ses côtés et commença par faire ses dévotions hebdomadaires à saint Yorre-des-Monts, protecteur des pèlerins. Ensuite, elle se signa deux fois et, voyant Elsie toujours plongée dans son interminable méditation, se décida à lui parler:

— On t'a sûrement dit que le salut de ton âme se trouve dans la prière.

Elsie releva la tête, jeta un rapide coup d'œil aux alentours pour s'assurer que l'Abbesse s'adressait bien à elle, et rabaissa les yeux. Elle n'avait songé qu'à cela, le salut de son âme, depuis l'attaque de l'homme-loup.

— C'est vrai, répondit-elle dans un soupir. J'ai grandement péché: j'ai cru pouvoir m'acquitter d'une tâche énorme et j'ai juré d'y réussir, mais c'était une faute. Aujourd'hui, je me rends compte que j'étais pleine d'orgueil et que, pour cela, je dois être punie. Et punie, aussi, pour avoir abandonné cette tâche que j'avais pourtant acceptée de plein gré. J'attends donc que les saints hommes se manifestent à moi pour m'indiquer quelle sera ma pénitence.

— C'est une attitude fort pieuse, qui doit remplir tes professeurs de fierté.

Un raclement sourd se fit entendre, dont l'écho de la chapelle s'empara pour le répéter longuement, et un brusque courant d'air menaça de souffler toutes les chandelles. L'Abbesse et l'étudiante se retournèrent d'un même mouvement vers la lourde porte en bois pour voir la grande Bronya, rouge de honte, dans l'embrasure. Sans doute la jeune fille s'inquiétait-elle de son amie. Le religieuse fronça les sourcils devant cette intrusion et, de la main, fit signe à Bronya de s'en aller. La porte se referma avec un claquement et la flamme des cierges vacilla à nouveau.

— Lorsque tu prononceras tes vœux pour nous rejoindre, à l'abbaye, poursuivit l'Abbesse quand le silence fut revenu, alors tu pourras choisir de passer ta vie dans la prière. En attendant, il n'est pas sain pour toi de t'isoler du monde.

— Le monde me fait peur! avoua celle qui, quelques jours plus tôt, aimait à se qualifier d'intrépide.

— Raison de plus pour ne pas rester à la chapelle! Crois-tu que l'abbaye soit le refuge de toutes les froussardes qui craignent leur ombre? Tu as des choses à apprendre, c'est pourquoi tu étudies à l'École, et parmi cela tu dois apprendre à faire face à tes peurs. À les comprendre, aussi, si cela t'est possible. Alors seulement la prière et la méditation t'apporteront les réponses que tu cherches.

Ayant dit tout ce qu'elle était venue dire, la religieuse se releva, se signa à nouveau et quitta la chapelle. Elsie resta encore un moment à ressasser les paroles sévères de l'Abbesse avant de sortir à son tour dans le corridor. Faire face à ses peurs pour les comprendre, cela signifiait affronter l'homme-loup. Mais aussi réouvrir le livre sur la magie et le lire, de façon à découvrir comment arrêter les effets de la craie verte. Encore tremblante de peur, Elsie se convainquit qu'elle devait agir au plus vite et ne plus penser ni à la sorcière qui la voyait quand elle rêvait, ni à l'homme-loup qui voulait la tuer.

Elle croisa Bronya dans l'escalier qui menait à sa chambre. Son aînée s'était installée là, attendant patiemment qu'Elsie ressorte de la chapelle, manquant son dernier cours de la matinée. Cela ne lui ressemblait pas. Craignant toujours de voir l'homme-loup surgir devant elle, la jeune fille scruta tous les coins d'ombre avant de s'asseoir sur les marches, aux côtés de Bronya.

— Pristella et moi, nous sommes allées faire le ménage dans ta chambre, hier.

Elsie songea immédiatement au gros livre de maître Sin'Chin', caché sous son matelas. Pourvu que ses amies ne l'aient pas trouvé! Pourvu, surtout, qu'elles ne l'aient pas remis au directeur, croyant bien faire!

— Merci... fit-elle en hésitant.

— Bien entendu, tout le monde a entendu parler de ta mésaventure, poursuivit Bronya. Iseline nous a décrit dans quel état elle t'a vue, après que l'oiseau soit reparti.

Elsie hocha distraitement la tête, se souvenant des curieuses, paralysées d'étonnement devant sa chambre. Mais ses pensées se trouvaient ailleurs: elle réfléchissait déjà à un moyen de reprendre le gros livre au directeur.

— Sais-tu, Elsie, c'est plus amusant quand c'est *toi* qui nous raconte tes folies nocturnes.

— Je n'en avais pas tellement envie. Ça m'a fait un tel choc!

— Nous comprenons cela, mais... Tu n'es plus la même depuis que... que...

— Depuis que Sin'Chin' est tombé malade, dans le parc, termina Elsie à sa place.

Bronya secoua la tête. Ce n'était pas cet événement qui lui paraissait avoir déclenché le changement chez son amie.

— Non. Avant ça... En fait, tu m'évites depuis que nous nous sommes chicanées au sujet de ta dernière escapade chez les professeurs. Tu sais, à cause du livre?

Ce livre, justement! Dans une minute, Bronya cesserait de tourner autour du pot et lui avouerait qu'elle s'en était débarrassé, dans l'espoir que cela lui ramènerait enfin Elsie telle qu'elle la connaissait! L'étudiante fronça les sourcils.

— Je voulais te dire quelque chose de très simple, à la chapelle, termina finalement Bronya. Tu nous manques beaucoup. Quand tu auras fini de prier, reviens jouer avec nous... Bientôt?

Elsie s'était donc trompée. Bronya ne devait même pas croire que son amie possédait encore le gros livre impie. Pendant qu'elle se laissait obséder par Sin'Chin', l'homme-loup et les rêves magiques, ses amies s'ennuyaient d'elle, tout simplement. Les cloches du dîner sonnèrent à ce moment et Bronya regarda sa cadette, n'osant pas lui demander de l'accompagner au réfectoire. Elle devinait sans doute qu'aujourd'hui encore, la jeune fille ne mangerait pas. Et, en effet, Elsie ne souhaitait pas revoir les autres tout de suite; avant, il lui fallait retourner à sa chambre et y affronter ses peurs, comme le lui avait ordonné l'Abbesse.

— Mais demain, tout devrait redevenir comme avant, promit-elle du haut de l'escalier.

Bronya n'insista pas et se contenta de cette promesse.

Une fois dans sa chambre, Elsie s'empressa de soulever son matelas et de sortir de sa cachette le gros livre de maître Sin'Chin'. Elle le mit sur ses genoux et, pour lire, alluma le cierge encore en bon état. Comme on avait cloué des planches en travers de la fenêtre brisée, afin d'empêcher le vent hivernal de s'engouffrer dans la pièce, seuls de minuscules rayons de soleil touchaient les pages du livre; c'était loin de suffire pour la lecture. Et parce qu'en plus les planches ne parvenaient pas à bloquer le froid, l'étudiante dut s'enrouler dans une couverture de laine toute neuve pour ne pas grelotter.

Ainsi bien installée, Elsie rassembla tout son courage et se replongea dans le texte confus qui l'avait rebutée, plusieurs jours auparavant. Cette fois, elle commença par la section concernant les rêves, avec la ferme intention de ne refermer le livre qu'une fois bien renseignée sur *tous* les aspects importants de la magie.

12

Deux visites

À l'heure où Elsie aurait dû être avec maître Janko pour son deuxième cours de l'après-midi, elle reçut une visite inopportune à sa chambre. Plongée dans sa lecture, qu'elle découvrait bien plus ardue qu'elle ne l'avait escompté, la jeune fille n'avait pas porté attention aux bruits dans le corridor. Les toc toc d'une canne heurtant les dalles du plancher l'auraient pourtant prévenue de l'arrivée du directeur et lui auraient donné le temps de cacher le gros livre sur la magie. Au contraire, quand le vieil homme ouvrit la porte sans frapper, il découvrit que l'objet de sa démarche se trouvait sur les genoux de l'étudiante. Celle-ci rougit violemment, comprenant dans quel pétrin elle venait de se fourrer.

— L'heure de la lecture est loin d'avoir sonné, lui reprocha le directeur en refermant la porte derrière lui.

Il semblait surpris de la découvrir là. Sans doute l'avait-il cru encore réfugiée dans la chapelle... Elsie devina tout à coup pourquoi il s'était présenté lui-même à sa chambre plutôt que de la faire quérir.

— Bronya est venue me voir, car elle craint pour ton âme. Elle et une amie ont découvert ce livre sur la magie dans ta chambre et se sont montrées assez avisées pour ne pas y toucher. Elles se sont toutefois empressées de m'avertir, pour que je t'aide.

Elsie grogna. Bronya s'ennuyait peut-être de son amie, mais elle l'avait quand même trahie. Et la grande était plus rusée que sa cadette ne l'aurait cru; elle n'avait pas subtilisé le livre de maître Sin'Chin' elle-même, elle avait laissé le directeur s'en charger. Ainsi, les soupçons ne retomberaient pas sur Bronya et la rêveuse perdrait son arme principale contre l'homme-loup... Mais cela n'avait aucun sens. Son amie, alliée à un sorcier? Impossible!

Et pourtant, la silhouette vêtue de noir n'avait pas parue très grande, à Elsie, lors du rêve. Une jeune fille de quinze ans, habillée comme un professeur pour s'infiltrer plus facilement jusqu'à la chambre à coucher de Sin'Chin', c'était possible. Il y avait assez long-temps que Bronya écoutait les récits des aventures nocturnes de sa cadette: elle savait bien où passer pour minimiser les risques d'être découverte. De plus, la famille de l'étudiante faisait partie des loyaux sujets du roi d'Evres. Le père et le frère de Bronya avaient combattu les Nordiques à ses côtés jusqu'à ce que le père soit tué; le fils, quant à lui, avait été gravement blessé et avait dû se retirer dans ses terres. Il n'aurait pas été si étonnant qu'on charge la plus jeune de la famille d'une mission pour son roi, lors de la visite de son frère. Elle se trouvait justement à l'École et le complice du sorcier avait peu à faire: transmettre des informations, ouvrir des fenêtres, trahir des amies...

Elsie réfléchissait vite, les pensées se bousculaient dans sa tête et l'étourdissaient. Soupçonner Bronya; cela semblait vraiment trop fou pour être possible. Mais, justement, peut-être que le sorcier y avait pensé. Il avait peut-être fait le pari que personne ne soupçonnerait une étudiante d'être sa complice.

Le directeur se racla la gorge et s'assit devant elle, à l'autre bout du lit.

— Je n'aurais jamais imaginé que Sin'Chin' t'aurait prêté cet ouvrage, marmona le directeur, sortant Elsie de ses réflexions troublées. Tu cherches à maîtriser les pouvoirs de la craie verte, mais tu es bien trop jeune. Tu devrais laisser cela à tes aînés.

— Non, vous vous trompez, le contredit Elsie. J'ai bien trop peur de la magie pour penser à la maîtriser. Je me rends compte petit à petit qu'elle est la sœur jumelle de la sorcellerie... La curiosité me l'a fait découvrir et, si je lis ce livre encore maintenant, c'est pour pouvoir l'oublier en toute sécurité.

— C'est très sage, l'approuva le directeur. Tu aurais fait une admirable disciple pour Sin'Chin', si tu avais été un garçon. Il te ressemblait encore, malgré ses trente ans révolus, quand nous nous sommes connus. C'était à la frontière de l'Orient, il y a bien longtemps de cela...

Le voyant plein de nostalgie et, un peu triste, Elsie se permit de le gronder gentiment:

— Ne faites pas cette tête-là. Il n'est pas encore trop tard pour sauver maître Sin'Chin'.

— Je le crains, hélas.

— Quand j'aurai fini de lire ce livre... Ou, en tous cas, une assez bonne partie, je pourrai affronter l'homme-loup et me défendre contre sa sorcellerie. Alors, je l'obligerai à délivrer votre vieil ami!

Sans s'en rendre compte, Elsie redevenait rapidement celle qu'elle avait toujours été, avant que la magie ne sème la terreur dans son esprit.

— L'homme-loup? s'étonna le directeur.

La jeune fille entreprit alors de lui raconter tout ce qu'elle lui avait caché jusqu'à présent. Plus elle parlait, plus Elsie reprenait confiance en elle. Elle se convainquait même de ses chances de vaincre son ennemi.

— La prochaine fois qu'il essaiera de me tuer, je devrai être prête à tout, conclut Elsie.

— Ce que je ne comprends pas, dans cette histoire, c'est pourquoi cet homme-loup-oiseau veut te tuer. La messagère, d'accord: elle portait la lettre royale. Que Sin'Chin' ait été le suivant, parce que la femme la lui a remise et que le sorcier l'a deviné, ça, je peux le croire. Mais toi, simple étudiante de douze ans?

— C'est un sorcier. Les sorciers savent que, quand je rêve, je vois leurs agissements. Et il a un complice dans l'École, qui m'a dénoncée à lui.

Le directeur haussa les sourcils, l'air comiquement étonné.

— Considérant que cet homme a pu assassiner deux personnes de sang froid, je doute qu'il se souciera d'avoir été vu par une fillette! protesta-t-il.

— Pas s'il soupçonne que la fillette est maintenant en possession de la lettre!

Elsie avait laissé la lettre où son vieux professeur l'avait cachée, bien sûr, mais puisqu'elle était la seule personne à savoir où la missive se trouvait, c'était comme si elle la possédait. Le directeur la considéra un moment sans rien dire, puis il prit un air inquiet.

— Il est très louable que tu prennes tous ces risques pour Sin'Chin', la félicita-t-il. Mais tu as sans doute mal évalué le péril. Si ce sorcier peut déclencher des avalanches, il ne fera qu'une bouchée de toi! Tu ne peux sérieusement penser à l'affronter.

Elsie ne voulait pas écouter de tels arguments; ils alimentaient sa terreur, celle-là même qu'elle s'efforçait de tenir à distance.

— Que faire d'autre? protesta-t-elle.

— Est-ce que je sais? Il faut détourner son attention... Confie-moi cette lettre, tiens! Et moi, dès demain matin, je m'arrangerai pour qu'on sache que j'ai envoyé un messager à Orpierre cette nuit. L'homme-loup s'élancera sur les traces d'un messager inexistant et tu seras sauvée!

La proposition du directeur séduisait Elsie. La jeune fille ne tenait pas mordicus à risquer sa vie une deuxième fois. Seulement, un détail clochait avec ce faux-messager: la lettre resterait ici, à l'École. L'homme-loup finirait sûrement pas comprendre la supercherie et reviendrait sur ses pas. Alors, tout serait à recommencer et Bienheureux ne saurait toujours rien de ce que lui voulait la reine Pascuala. Elsie partagea ses réticences avec le directeur, qui dut admettre la validité de son point de vue. Il trouva cependant vite un moyen d'alerter le pape:

— Quelqu'un, affublé de la capeline des pèlerins, partira en secret avec la lettre pour la porter à Orpierre. Et notre messager empruntera la plus longue route qui mène à la mer, de façon à dissimuler sa véritable destination. Cela devrait marcher!

— L'homme-loup reviendra quand même ici et nous serons tous les deux en danger, insista Elsie. Et Sin'Chin' sera toujours prisonnier.

— C'est vrai. Mais pour Sin'Chin', ma pauvre petite, tout est perdu...

— Je sais ce qu'il convient de faire! l'interrompit Elsie. Il faut marchander avec l'homme-loup. Nous lui remettrons la lettre à condition qu'il libère maître Sin'Chin'. Quant au pape, nous l'avertirons seulement qu'elle a été dérobée... Il s'informera lui-même auprès de la reine. Ce sera parfait!

Le directeur refusa net son idée. Il lui répugnait de donner une lettre, apparemment capitale, aux ennemis de sa souveraine et de son chef spirituel. L'information qu'elle contenait devait absolument parvenir au Haut-Siège d'Orpierre. À la limite, la vie d'un vieillard tel que Sin'Chin' devenait secondaire en regard de cette importante mission.

— Quant à duper l'homme-loup avec une fausse lettre... C'est un sorcier. Il devinera la manœuvre et nous serons perdus tous les trois.

Les paroles du directeur brillaient de sagesse, au grand désespoir d'Elsie. Elle aurait tant préféré que les choses s'arrangent à son goût! Elle fixa son regard sur les dessins, dans le gros livre sur ses genoux, et broya du noir.

— Confie-moi la lettre de la reine, Elsie, et nous opterons pour ma première idée. C'est de loin la meilleure.

— Non, grogna la jeune fille. On m'a conseillé d'affronter mes peurs... Et je veux au moins essayer de sauver maître Sin'Chin'. Nous donnerons rendez-vous à l'homme-loup.

— Lui donner rendez-vous!!!

Le vieillard s'étouffa presque de surprise devant la folie de l'étudiante. Il se gratta la barbichette un long moment, semblant réfléchir à un moyen de la raisonner, puis changea d'avis.

— Très bien, ce sera comme tu veux, accepta-t-il. Et si le sorcier se cache non loin de l'École, ainsi que tu le prétends, je sais exactement comment fixer ton rendez-vous avec lui... Mais attends de mes nouvelles avant d'agir en écervelée!

Il quitta la chambre l'air morose et Elsie, plus décidée que jamais, se replongea dans sa lecture. C'était facile de se concentrer: il suffisait d'oublier qu'elle ne verrait sans doute pas son prochain anniversaire...

Quand, vers l'heure du souper, on frappa à nouveau à sa porte, la jeune fille crut que le directeur revenait la voir. Mais il aurait été étonnant qu'il réussisse à faire parvenir si vite un message à l'homme-loup; en effet, ce n'était pas lui. Dans l'embrasure de la porte, deux hommes chauves qui se ressemblaient comme des frères venaient lui poser quelques questions au sujet de Sin'Chin'. Il s'agissait des Énochicains, en quête du corps mystérieusement disparu.

— Je ne sais rien à ce sujet, mentit-elle avec aplomb, les gardant sur le seuil de sa chambre.

— Maître Gerbert nous a confié que le matin où son collègue a été découvert, tu t'es exclamée devant lui: «Mais, c'est de la sorcellerie!» la cita le plus grand et le plus mince des deux visiteurs.

— C'était une façon de parler, comme je l'ai expliqué à maître Gerbert, se défendit Elsie.

Elle referma un peu plus la porte contre son épaule, pour éviter que les Énochicains n'aperçoivent le livre sur son lit.

— Vous ne pensez pas sérieusement qu'il y aurait de la sorcellerie *ici*, à l'École? ajouta-t-elle en feignant la stupeur.

— Il y a bien un oiseau qui, sans raison, t'a attaquée pendant que tu dormais, sussura le grand mince.

— Nous n'oserions bien sûr pas insinuer qu'une aussi jeune fille pourrait être mêlée à de la sorcellerie, la relança son comparse. Nous ne sommes pas des Inquisiteurs. Mais peut-être aurais-tu été témoin de certaines choses bizarres, ces derniers jours?

Si vous saviez! songea Elsie avec des frissons, s'imaginant déjà sur un bûcher.

— Je regrette de vous décevoir, fit-elle tout haut. Cependant, soyez certains que si j'entend parler de quoi que ce soit, je courrai vous en avertir!

— Nous l'espérions. Nous trouvons cette affaire bien bien bizarre, soupira le plus petit d'un air affecté. Et d'ailleurs: tu ne soupes pas avec les autres?

— Non... C'est que... Je souffres de troubles de digestion depuis deux jours.

— Bois de l'absinthe, cela fait merveille.

Elsie promit, avec une grimace, d'aller s'en chercher un peu à la cuisine et les deux frères de l'Ordre des Énochicains la saluèrent enfin. Ils s'éloignèrent lentement dans le corridor et Elsie attendit, pour refermer la porte, de les voir descendre l'escalier. Elle s'adossa au battant en tremblant; dans cette affaire bien bien bizarre, comme ils disaient, tout le monde semblait finir par en arriver à elle. Cela augurait mal pour sa sécurité et ce, peu importe comment l'histoire se terminerait...

13

Un spectacle troublant

Les frères Aurélicains se trouvaient à l'abbaye depuis déjà cinq jours. Un trop long séjour pour le jeune religieux, pressé de rejoindre Orpierre et de commencer sa vie de saint homme. Mais pour le bedonnant Illo, ces quelques jours avaient passé à la vitesse de l'éclair. Une journée pour se reposer de la première moitié de leur périple, deux pour se refamiliariser avec l'École et faire connaissance avec les nouveaux professeurs, deux encore pour parler du passé avec les plus vieux, ceux qu'il avait côtoyés autrefois. Presque rien. Il ne lui avait pas semblé, lorsqu'il était plus jeune, avoir été si heureux au col de la Forge. Cependant, y revenir maintenant lui rappelait des tas de bons souvenirs, au milieu desquels il aurait aimé rester plongé très longtemps...

— Respire cet air frais, Terenze! soupira-t-il en ouvrant grand la fenêtre de sa chambre. As-tu déjà humé parfum plus subtil et plus enivrant à la fois?

Le jeune frère, qui ne sentait rien d'autre que le froid de l'hiver, regarda son aîné d'un air dubitatif.

— Mais oui! insista Illo. Le parfum des glaciers! Porte attention aux senteurs minérales qui se mêlent à la brise...

Terenze éclata de rire. Depuis leur arrivée à l'abbaye, le vieux religieux lui paraissait être devenu quelqu'un de nouveau, de plus jeune. Il lui voyait sans cesse le même sourire comblé, le même air extatique, le même enthousiasme délirant devant les menus détails qui composaient le quotidien des gens du col de la Forge. Nul doute: Illo revenait ici chez lui. Le voir ce soir, accoudé à la fenêtre, le corps penché vers l'extérieur comme s'il s'était plutôt trouvé au bord de la mer par un chaud après-midi d'été qu'en pleine montagne de neiges éternelles, ne faisait que confirmer cette impression.

— Cher Illo! s'exclama Terenze. Comment vous arracher à cet endroit? Si vous y tenez, je ne verrais pas d'objection à continuer seul jusqu'au Haut-Siège d'Orpierre. Je crois qu'à présent, je saurais me débrouiller dans les montagnes.

— Il te resterait encore un ou deux cols difficiles à passer... Sais-tu, Terenze, que je n'ai pas encore croisé mon vieux collègue Dolfino, à l'École? On m'a dit qu'il était devenu directeur. Pas étonnant: cet homme-là étouffait d'ambition, il serait devenu évêque si sa famille avait eu quelque fortune! Je regretterais beaucoup de partir sans le revoir.

— Et moi, je souffrirais de rester ici encore bien longtemps. Ma mission m'appelle chaque jour avec un peu plus d'insistance.

— C'est bien vrai. Je suis un vieil égoïste de te retarder. Me croiras-tu si je te dis que j'ai oublié pourquoi je suis parti d'ici, il y a longtemps?

— Cette question me semble cacher un désir de rester, fit malicieusement remarquer Terenze.

Illo ne répondit rien, confronté à un choix déchirant. Il ne désirait plus partir, certes, cependant il avait promis d'accompagner Terenze jusqu'à Orpierre...

Bientôt, il ferait si froid dans sa chambre que le vieux frère devrait refermer la fenêtre. Mais avant, il voulait regarder encore les glaciers sous l'éclat de la lune et écouter les bruits infimes de la nuit. Nulle part ailleurs qu'ici, au col de la Forge, la nature n'avait ce murmure apaisant. Il se rappelait des promenades nocturnes, en solitaire ou accompagné de l'un ou l'autre de ses compagnons. Ses pensées revenaient sans cesse à Dolfino, de qui il avait été si proche, et il se remémorait leurs conversations interminables au sujet de la religion et de la science des Énochicains — une discipline toute neuve, à l'époque. Son regard trouva, contre la blancheur de la neige, deux silhouettes sombres qui marchaient vers la porte principale de l'École. Il lui sembla contempler les images de son passé.

Cependant, l'une des deux silhouettes peinait dans la neige, alors qu'autrefois, Illo et ses compagnons avaient été de vigoureux jeunes hommes. Le plus grand des deux promeneurs distançait peu à peu le petit et celui-ci cria quelque chose que le vent emporta. Lorsque le vieillard se retourna, dans un mouvement de colère contre son cadet, qui l'ignorait visiblement, le frère Aurélicain s'amusa de la coïncidence: au moment même où il pensait à Dolfino, il reconnaissait la barbichette blanchie de son ancien ami. Il se serait précipité dehors pour le serrer dans ses bras si un spectacle troublant ne s'était alors offert à ses yeux médusés. Le souffle coupé, il appela Terenze à ses côtés pour s'assurer qu'il ne rêvait pas.

— Quelle horreur! murmura le jeune religieux en se signant.

La plus grande des silhouettes se transformait rapidement en un oiseau d'impressionnante envergure, qui prit son envol jusqu'à passer au-dessus des toits de l'abbaye. Le directeur, quant à lui, avait ouvert la porte de l'École et y entrait, loin de paraître ému par ce qui venait de se produire devant lui.

— Sorcellerie! s'effraya Illo. Ici, au col de la Forge!

Les deux frères Aurélicains se dévisagèrent. Chacun pensait comme l'autre et se remémorait ce matin où un corps avait été découvert, défiguré par un oiseau de proie. À peine à une journée de voyage de l'École! Ils frissonnèrent en refermant la fenêtre, bien plus de peur que de froid.

— De la sorcellerie au col de la Forge! s'étonna à nouveau Illo, incrédule. Et Dolfino, le directeur de l'École lui-même... Je ne l'aurais pas cru!

— J'avoue que, depuis quelques jours, j'ai surpris certaines rumeurs parlant de sorcellerie, fit Terenze en se laissant choir sur le lit.

— Et tu ne m'as pas prévenu?

— Je n'y prêtais pas foi. Des rumeurs dignes de paysans, au cœur des Aris, loin des villes plus civilisées... Et surtout, je craignais de vous gâcher le plaisir des retrouvailles.

— Malheureux! Nos âmes sont en péril si le Mal a atteint l'École et son directeur! Je ne resterai pas une nuit de plus ici. Moi aussi, à présent, j'ai un message à porter au pape Bienheureux.

Ils firent leurs bagages en un instant et se glissèrent jusqu'aux écuries sans en aviser personne. Une fois là, ils se débrouillèrent seuls pour atteler leur charette, craignant d'attirer sur eux l'attention des sorciers hérétiques, et ne cessèrent de jeter des coups d'œil craintifs vers le ciel.

14

Le rendez-vous

Les cloches du couvre-feu sonnèrent et, ce soir, leur musique monotone ressemblait au glas. Elsie avait remonté sa couverture de laine jusqu'à son nez et feignait de dormir, encore tout habillée. Comme chaque jour depuis qu'on avait vu la jeune fille si souvent à la chapelle, la nonne de garde vint ouvrir la porte de sa chambre et jeter un bref coup d'œil à l'intérieur, pour s'assurer que tout était calme. Personne ne s'attendait plus à surprendre l'étudiante dans les couloirs de l'École en pleine nuit, maintenant qu'elle s'était repentie.

La jeune fille compta alors lentement jusqu'à cent et quitta son lit pour sortir dans le corridor en catimini. Les mauvaises habitudes avaient la couenne dure... Mais, cette fois, son escapade nocturne ne la mènerait pas loin:

elle devait seulement descendre l'escalier pour se rendre à la chapelle.

Le directeur lui avait confié deux clefs, dont la plus grosse déverrouillait la dernière porte au bout du corridor, afin d'entrer discrètement dans la chapelle. Car la grande porte aurait fait un tel boucan en s'ouvrant que même l'Abbesse se serait réveillée en se demandant ce qui se passait. Elsie se glissa dans le sanctuaire et s'empressa vers le fond. Malgré sa hâte, elle prit le temps de réciter en passant une courte prière à saint Yvelin-le-Sonneur, celui qui avait protégé ses nuits après l'attaque du sorcier; autant mettre toutes les chances de son côté... Puis, elle saisit une chandelle, l'alluma à un grand cierge, et trouva la porte de bois mal équarri qu'elle cherchait. La petite clef rouillée fit jouer la serrure et Elsie s'attarda un moment sur le seuil. Quelques marches descendaient dans l'obscurité. Vers les sous-sols de l'abbaye, estima la jeune fille. Vers le rendez-vous qu'elle et le directeur avaient fixé à l'homme-loup. La peur contracta sa poitrine et elle faillit regagner sa chambre, mais elle s'engagea courageusement dans l'escalier.

Au bas de quatre marches, l'étudiante parvint dans un couloir humide qui bifurquait vers la gauche. Et au bout de ce couloir, la jeune fille arriva en haut d'un long escalier.

Celui-ci paraissait s'enfoncer infiniment loin dans les entrailles des montagnes, jusqu'aux Enfers... Le directeur l'avait prévenue: les cryptes funéraires n'étaient pas un endroit très gai. De plus en plus nerveuse, Elsie posa le pied sur la première marche, puis sur la seconde.

Il n'était pas trop tard encore pour reculer et suivre la stratégie du directeur...

La jeune fille descendit lentement trois autres marches. Si on lui avait demandé son avis, elle aurait de beaucoup préféré affronter l'homme-loup à l'extérieur plutôt que dans les cryptes funéraires de l'abbaye. L'endroit lui-même serait effrayant; comment Elsie réussirait-elle à vaincre sa peur du sorcier au milieu de squelettes centenaires? Elle ne voulait pas y penser tout de suite.

Un rayon de lune tombait du plafond, illuminant un peu la pierre des escaliers. Surprise, Elsie leva la tête pour constater qu'on avait percé un soupirail dans le passage souterrain afin de l'éclairer et de le ventiler. Plus bas, un deuxième soupirail remplissait le même office. Malgré eux, la jeune fille n'aurait pu se passer de sa chandelle pour distinguer où elle posait les pieds.

Un bruissement d'ailes fit à nouveau lever les yeux à Elsie. Dans le deuxième soupirail, un grand oiseau de proie avait attendu son passage; il se laissa tomber sur sa victime, les serres tendues pour lui lacérer le cuir chevelu. Avec un cri, Elsie laissa tomber sa bougie et tendit les mains, grandes ouvertes vers son ennemi, pour se protéger.

Cette fois, ce fut le rapace qui hurla dès qu'il toucha les paumes d'Elsie, comme si sa peau l'avait brûlé. Il se débattit sauvagement, non pas pour la blesser mais pour échapper à son contact. L'espace était restreint et la jeune fille, voyant qu'elle détenait l'avantage de l'affrontement, plaquait l'oiseau contre la paroi de pierre en le tenant par le cou. L'oiseau battait furieusement des ailes, glapissant de douleur. Ses serres labouraient les avants-bras de sa tortionnaire, sans pour autant réussir à lui faire lâcher prise. La bête roulait des yeux fous. Jamais Elsie n'aurait osé espérer que les subterfuges du livre de magie se révéleraient aussi efficaces.

— Souffre de ta propre médecine, sorcier! grogna-t-elle avec hargne. Tu n'aurais pas soupçonné qu'une fillette connaîtrait ce sigille d'attaque, n'est-ce pas?

Avant de quitter sa chambre, Elsie avait soigneusement dessiné sur chacune de ses paumes un sigille découvert dans le livre de Sin'Chin'. La figure ressemblait à une flèche banale, mais il était écrit qu'elle infligerait de grandes souffrances à tout produit de la magie. Bien utilisée, elle pourrait même le détruire. Celui qui avait noté cela vantait surtout l'efficacité de ce sigille pour dévoiler les illusions magiques, mais la jeune fille avait supposé qu'il serait tout aussi puissant contre un être transformé par sorcellerie. Elle ne s'était pas trompée.

— Maintenant, nous allons parler de mon maître Sin'Chin', poursuivit-elle en évitant de son mieux d'être fouettée par les ailes de son ennemi. Vous allez me donner immédiatement le moyen de le délivrer, ou bien...

Elsie plaça sa paume droite devant l'un des yeux de l'oiseau et l'approcha lentement de sa tête. Les cris déchirants redoublèrent d'intensité et, dans un dernier effort désespéré, le rapace réussit à se libérer. Il tomba lourdement dans l'escalier, qu'il débula jusqu'à disparaître dans la noirceur. La jeune fille eut à peine le temps de voir que l'homme-loup reprenait sa forme normale...

Elle avait échoué: son ennemi serait désormais insensible au sigille sur ses paumes, il lui faudrait préparer une nouvelle offensive contre le sorcier. Mais, en attendant, elle ne pouvait rester là: il remonterait vite pour l'attaquer avec des artifices imparables!

Tout son courage l'ayant abandonnée, l'étudiante fit volte face pour grimper l'escalier jusqu'à la chapelle — où, elle en était persuadée, l'homme-loup n'oserait pas la poursuivre. Mais elle buta contre un homme vêtu de noir. Le souffle lui manqua: ce ne pouvait être possible, le sorcier n'avait pu apparaître si vite entre elle et la sortie!

— Ce n'est pas encore le moment de partir, murmura une voix chevrotante que la jeune fille reconnut pour celle du directeur.

— Il faudra trouver autre chose pour le combattre! s'exclama-t-elle en cherchant à contourner le vieil homme. Venez vite avant qu'il ne remonte!

Au grand désarroi d'Elsie, le directeur l'empêcha de se sauver en écartant les bras. Vieux et perclus de rhumatismes comme il l'était, il n'aurait pas réussi à la retenir si elle s'était jetée contre lui pour passer quand même. Il s'était donc muni d'un couteau, dont il menaçait maintenant la jeune fille médusée.

— Je crois que cette nuit est, au contraire, idéale pour un rendez-vous dans la crypte funéraire, fit-il en piquant un peu, à travers l'étoffe de sa robe, le ventre d'Elsie. Ne sois pas sotte: tu aurais dû me confier la lettre quand je suis passé à ta chambre.

— Vous... Vous êtes... Et moi qui... bégaya Elsie, trop étonnée de cette trahison pour formuler clairement sa pensée.

Elle ne s'était pas méfiée de lui. Elle avait cru le directeur de l'École au-dessus de tout soupçon. À la place, elle avait soupçonné son amie Bronya; quelle gourde elle avait été d'imaginer une machination familiale compliquée! Maître Gerbert répétait pourtant toujours que les solutions les plus simples sont les meilleures... Que ne s'en était-elle souvenue avant!

— Elsie, gronda le directeur, remets-moi la lettre maintenant. Sinon, je devrai quérir l'assistance de mon ami, en bas. Personnellement, je serais incapable de te tuer.

La lame pointue, qui avait commencé à entailler le tissu du vêtement d'étudiante, certifiait cependant à la jeune fille qu'il la blesserait sans remords. Dans la crypte, l'homme-loup ne manquait certainement pas un mot de la conversation. Sans venir vers eux, toutefois; peut-être Elsie avait-elle réussit à l'affaiblir?

— Mais Sin'Chin'? protesta-t-elle pour gagner du temps. Il est votre ami depuis si longtemps!

— Naïve enfant, répondit le directeur sur un ton amusé. Je t'ai souvent dit qu'il était trop tard pour le sauver. Je l'ai bien dissimulé, certes: il se trouve dans la crypte.

— Mort!!!

— Pas tout à fait, je n'ai pas osé. Une petite faiblesse de ma part. Non. Je l'ai simplement emmuré là, où il restera éternellement prisonnier du sort que l'«homme-loup», comme tu le surnommes, lui a jeté.

Le cri d'horreur que poussa Elsie déclencha l'hilarité du sorcier du fond de la crypte. Le couteau du directeur quitta le ventre de la jeune fille pour se poser contre son cou. La pression entailla la peau fine et une goutte de sang glissa jusque dans le col blanc de sa robe.

— Je pourrais te placer à ses côtés, toi à qui il manque tellement. À moins que tu ne me donnes la lettre sans faire de bêtise.

— Pourquoi ne pas la tuer et en finir? demanda une voix rauque venue de la noirceur.

Les pas de l'homme-loup résonnèrent contre la pierre de l'escalier, accompagnés d'un long frottement lugubre...

— Non! Non, inutile de monter! Voici la lettre! s'empressa de dire Elsie.

L'étudiante fouilla dans sa grande poche droite et brandit le pli scellé au-dessus de sa tête. Le directeur émit un grognement de satisfaction et tendit la main pour s'en emparer. Ce faisant, la lame de son couteau s'éloigna du cou d'Elsie et la jeune fille, tirant parti de l'occasion, fit mine de perdre l'équilibre en voyant le directeur se pencher vers elle. Elle laissa la lettre lui glisser des doigts juste avant qu'il ne s'en saisisse et, profitant du mouvement instinctif que fit le vieillard pour la rattraper au vol, elle le tira vers elle tout en s'effaçant de côté.

Le directeur déboula les marches comme un tonneau, jusqu'à ce qu'une exclamation étouffée apprenne à Elsie qu'il venait de percuter l'homme-loup. Elle n'avait pas l'intention d'attendre que ces deux-là se relèvent. Leur abandonnant la lettre de la reine, elle remonta l'escalier à la course, reverrouilla la porte de bois au fond de la chapelle et s'élança vers l'abbaye, espérant duper ses poursuivants.

Cette dernière escapade ressemblait bien peu aux précédentes qu'elle avait tentées: pour une fois, elle n'essayait pas de dissumuler sa présence dans les corridors, qu'elle enfilait les uns après les autres. Des portes s'ouvrirent, des yeux écarquillés la regardèrent passer, mais personne n'essaya de l'arrêter. Au bout d'un moment, la jeune fille arriva enfin dans un corridor dont les fenêtres ne donnaient pas sur la cour intérieure mais sur les glaciers. Même si elle courait au niveau du rez-de-chaussée, elle n'avait encore croisé aucune porte qui lui semblât mener dehors... Qu'importe! Elle ouvrit l'une des fenêtres et sauta dans la neige.

15

Trois messages pour Orpierre

Les frères Aurélicains sortirent finalement de l'écurie après s'être débattus un long moment avec la charette. La bride, les rênes et même le cheval, qui n'appréciait guère de partir ainsi au beau milieu de son sommeil, leur avaient donné un mal fou. Dès que le vent de la nuit les fouetta, Terenze fit remarquer à son compagnon qu'ils quittaient l'abbaye sans emporter de provisions pour le voyage. Mais ni l'un ni l'autre ne désirait passer aux cuisines — du reste fermées à cette heure — et retarder leur départ. Ils longèrent le plus silencieusement possible le mur de l'abbaye...

... Et faillirent hurler de terreur, convaincus que le sorcier aperçu plus tôt les attaquait, quand une silhouette bondit d'une fenêtre devant leur cheval. Ils fouillèrent désespérément dans leur bagage afin d'en sortir un coffret béni pour repousser la créature maléfique. Mais dès qu'elle se mit debout, les deux religieux reconnurent la jeune fille qu'ils avaient rencontrée dans la salle à dîner de l'abbaye et se calmèrent.

— Emmenez-moi! les supplia-t-elle en s'agrippant à leur charette.

— Jusqu'à Orpierre? s'étonna Terenze, peu désireux de s'encombrer d'une étudiante en fugue.

— J'ai un message pour le pape!

— Et tu es poursuivie par le sorcier! devina Illo en lui tendant la main.

Elsie le dévisagea avec étonnement, se demandant comment il avait pu s'en douter, même en voyant les blessures sur ses bras. Elle s'installa à ses côtés en acquiesçant.

— Je lui ai abandonné une lettre très importante, destinée à sa sainteté Bienheureux, expliqua-t-elle. Mais il découvrira vite que j'en ai soulevé le sceau pour la lire, avant de la cacheter à nouveau.

La jeune fille frissonna dans l'air froid et Illo sortit une couverture de ses bagages pour l'en draper. Elsie songea alors que sa présence dans leur charette mettait les deux gentils religieux en danger puisque l'homme-loup devinerait sans mal sa destination. Elle savait qu'il pouvait les tuer sans même se montrer...

Aussi fut-elle soulagée quand le bedonnant Aurélicain suggéra de suivre un itinéraire plus long, qui les mènerait à Orpierre par la Jaussière plutôt qu'en ligne droite. Elle en profiterait pour aller quérir l'aide du roi Valente de Jaussière, puisque la lettre mentionnait sa sympathie à la cause de la reine... Le jeune Terenze grimaça en acceptant le détour.

— Les Anges attendront bien deux ou trois jours de plus, le rassura Illo, si la prudence te permet d'arriver vivant au Haut-Siège.

Elsie, quant à elle, s'inquiétait un peu moins que le Frère Illo. Dans sa poche gauche, la craie verte et plusieurs pages du livre de Sin'Chin', couvertes de sigilles offensifs, attendaient le moment de lui servir à nouveau... Car elles lui serviraient avant que la lettre ne parvienne à Orpierre, de cela elle n'avait aucun doute.

* * *

Elsie s'était imaginée qu'elle entrerait dans la grande salle sous le dôme du Haut-Siège d'Orpierre et qu'elle marcherait dignement jusqu'au trône du pape, qui donnait son nom à l'endroit. Elle aurait exécuté une révérence simple — mieux réussie, sûrement, que celle devant la reine de Jaussière: elle ne pouvait faire pire que cela! — et attendu que Bienheureux lui dise de se relever avant de lui transmettre le contenu de la lettre de la reine d'Evres. Les archevêques rassemblés seraient restés muets d'étonnement devant le courage d'une si jeune fille...

Mais les choses ne se passèrent pas ainsi. Couverts de la poussière des chemins entre Orpierre et Saint-Guilhem, la capitale de la Jaussière, et fatigués d'avoir voyagé presque nuit et jour, Elsie et Terenze eurent beaucoup de mal à obtenir une audience devant le pape. Malgré l'importance des nouvelles dont l'on disait être porteur, il fallait souvent attendre toute une semaine avant de pouvoir rencontrer un archevêque qui, ensuite, référait certaines personnes à Bienheureux. Les deux voyageurs ne pouvaient attendre si longtemps; pas après tout ce qui s'était passé.

Heureusement, le frère Aurélicain avait entretenu une longue correspondance avec l'un de ses confrères peintres pendant qu'il était chez les Nordiques. Et, par hasard, cet artiste était aussi le neveu du pape... Lorsqu'Elsie et Terenze l'eurent retrouvé au Haut-Siège et qu'ils lui eurent expliqué la raison de leur présence en ce lieu saint, il se débrouilla pour leur obtenir une audience devant Bienheureux le jour même.

C'est dans un petit salon aux murs tendus de velours pourpre qu'Elsie et Terenze rencontrèrent le pape. La jeune fille cachait mal sa déception: la petite pièce baignée de soleil n'avait rien d'impressionnant et même Bienheureux n'en imposait guère. D'après les gravures qui le représentaient, encadrées à l'École — mais surtout parce qu'il était l'ami du très vieux Sin'Chin' — Elsie l'avait imaginé plus âgé. À sa grande surprise, elle découvrait un quinquagénaire au regard pétillant d'intelligence et de gaieté, mince comme un échalas et presque aussi grand qu'un géant! Elle aurait préféré que son chef spirituel soit grave et autoritaire; d'une façon ou d'une autre, il lui aurait semblé plus normal que le pape soit un vieillard tout rabougri dont le visage plissé aurait transpiré la sainteté... Du coup, elle en oublia sa révérence. Par chance, Bienheureux ne parut pas s'en formaliser. Il était lui-même assis nonchalemment sur un canapé couvert de coussins moirés.

— Vous venez de la Jaussière? s'informat-il en faisant signe à ses deux visiteurs de prendre un siège.

Le pape avait reconnu l'étoffe de leurs capelines de pèlerins. À la cour royale de Jaussière, la gentille épouse de Valente leur avait fourni un déguisement pour la fin de leur périple. Une précaution qui s'était hélas révélée inutile, mais Elsie préférait ne pas y penser. Ce n'était pas le moment de pleurer.

— Je viens de chez les Nordiques, votre Sainteté, rectifia Terenze. Je suis envoyé par les Trois Anges de la Création, qui me sont apparus dans ma petite église.

Le frère Aurélicain attendait ce moment depuis longtemps. Il avait fait un long voyage, enduré avec stoïcisme bien des contretemps et des détours, pour enfin s'acquitter de sa mission divine auprès du pape. C'était manifeste, il brûlait de s'entretenir longuement avec Bienheureux au sujet des Trois Anges et de leur disparition progressive dans les prières des fidèles. Mais il s'interrompit et secoua tristement la tête:

— Avec votre permission, cependant, je vous demanderai une deuxième audience pour vous parler de ce miracle, demanda-t-il humblement. Car cette fillette, de l'École du col de la Forge, porte des nouvelles bien plus graves que les miennes. Et notre compagnon a sacrifié sa vie pour que vous entendiez ces nouvelles, votre Sainteté.

La curiosité du pape était piquée. Terenze, Elsie l'avait vite découvert, possédait un réel don d'orateur. Bienheureux dévisagea la jeune fille un moment avant de l'inviter à parler.

— Je reçois rarement en audience d'aussi jeunes personnes, fit-il. Est-ce mon bon ami Sin'Chin' qui t'envoie, enfant?

— D'une certaine façon, oui, votre Sainteté.

Elsie se mit donc à narrer tout ce qui s'était produit à l'École avant son départ nocturne, puis le long voyage du trio de messagers jusqu'en Jaussière. Le sorcier les avait précédés, là-bas. À leur arrivée, ils avaient appris avec consternation que le roi Valente venait de succomber à une embuscade tendue par des hommes masqués.

— C'était la cinquième fois, le roi était bien préparé, expliqua Elsie, qui avait vu en rêve la première des embuscades. Mais même les guerriers qui ne le quittaient plus depuis un mois se sont fait massacrer.

Elsie s'interrompit, remarquant que la tristesse du pape s'accentuait presque avec chacune de ses phrases. Mais celui-ci agita la main pour l'inciter à poursuivre son récit, devinant qu'il lui en restait encore beaucoup à apprendre.

— La reine Iola de Jaussière est persuadée qu'il s'agit d'un acte du roi d'Evres. Mais on n'a trouvé aucune preuve de cela et elle ne veut pas céder à ses conseillers, qui la pressent de déclarer la guerre à l'Evres. Cepen-

dant, elle a bien voulu nous aider à vous porter la lettre de la reine Pascuala et elle s'en-
gage à respecter la volonté de feu son époux si
votre Sainteté décidait d'accorder sa bénédic-
tion à la guerre sainte.

La jeune fille récita alors mot pour mot le
contenu de la lettre de la reine et, quand ce
fut fait, un grand poids lui sembla s'envoler
de ses épaules. Toutefois, Bienheureux réagis-
sait à peine. À sa place, Elsie se serait levée
debout, en colère, et aurait consenti à la guerre
immédiatement!

— Si vous me permettez, votre Sainteté,
osa-t-elle ajouter, notre ami Illo est mort en
nous défendant contre la troisième attaque du
sorcier. Cela s'est passé aux portes de votre
belle ville. De plus, je crains qu'à cette heure,
le directeur de l'École n'ait déjà assassiné mon
professeur Sin'Chin'. Il était votre ami.

Elle fit une pause, refoulant avec orgueuil
ses larmes, songeant aux deux hommes qui
avaient péri par sa faute. Elle aurait voulu
effacer de sa mémoire la dernière attaque du
sorcier et la manière horrible dont le frère Illo
était mort. Tout au long de leur périple, les
Aurélicains avaient appris à se fier à la magie
des sigilles. Malheureusement, cette ultime
nuit aux portes d'Orpierre, l'apprentie magi-
cienne avait échoué à protéger ses deux com-

pagnons. Encore une fois, la fillette avait présumé de ses capacités et ce n'était pas elle qui en avait payé le prix. Terenze avait affirmé que si Illo avait pu leur parler avant de mourir, il aurait pardonné à Elsie son échec; elle-même, cependant, n'était pas près de se pardonner.

Pour Elsie, seule la guerre sainte contre le roi d'Evres servirait sa vengeance. À son grand désarroi, cependant, le pape ne paraissait pas désireux de punir le roi Marsal. La jeune fille aurait dit n'importe quoi pour le faire changer d'avis, mais elle savait bien qu'il lui fallait mesurer ses paroles en présence de sa Sainteté le pape. Il ne lui était pas facile de trouver une façon de formuler sa pensée qui ne paraîtrait pas trop impolie...

— Ce que j'essaie de dire, conclut-elle avec impudence, c'est que le roi Marsal a causé bien du mal autour de nous en peu de temps. Ce serait une honte de le laisser impuni!

Au regard médusé de Terenze, Elsie comprit qu'elle n'avait pas seulement été impolie, mais qu'en plus elle venait d'insulter le pape en prétendant lui dicter sa conduite. Elle baissa la tête et s'excusa à mi-voix.

— Ce sera la guerre, admit enfin Bienheureux sans paraître offensé. Dites-vous bien que mes archevêques y auraient poussé la Jaussière avec ou sans mon consentement, de toute façon. Mais comprenez que mon cœur saigne, car du mal, il s'en fera encore beaucoup avant que tout ceci ne soit terminé.

Le pape, qu'Elsie avait si rapidement jugé désinvolte, poussa un long soupir et quitta le petit salon pourpre sans un regard pour les deux voyageurs. Il avait raison, la jeune fille ne pouvait le nier. Et la vengeance était condamnable, le Sixième Précepte l'enseignait. Pourtant, son cœur à elle exultait: elle s'était acquittée de sa mission. Si elle avait échoué à sauver son professeur favori, au moins elle avait fait en sorte que ni lui, ni Illo, n'aient péri en vain. Et malgré les erreurs qu'elle avait commises, Elsie demeurait persuadée que Sin'Chin' aurait été fier de son élève.

Table des matières

Collection
Jeunesse - pop